CW01643495

Les Charentes mystérieuses

www.gesteditions.com

Les Charentes mystérieuses

M. Valière - A. Esmein

LA GESTE

SOMMAIRE

Première partie

Contes des grands-mères des Charentes

Michel Valière

Les Deux Pauvres Voyageurs

Deux bien pauvres voyageurs s'étaient attardés sur une route des Charentes, alentour de Cellefrouin. L'un semblait malin et se disait Normand de son état. L'autre, qui se faisait appeler Breton, était bien plus costaud, malheureusement pour lui, il avait perdu la vue. Et, comme ça, tous deux cheminaient ensemble, et ils allaient où les sentiers, les chemins verts les menaient, vivant de la charité et des oboles que leur donnaient les braves gens qui s'apitoyaient un peu sur leur sort, à tort ou à raison. La sagesse aurait voulu que ces deux compagnons de route unissent pleinement leurs efforts, pour le bien-être des deux. Mais, et chacun le comprendra, Breton qui était aveugle recevait beaucoup plus que le Normand. Comme ils quêtaient déjà depuis de longs mois, ils avaient fini par amasser beaucoup d'argent. Arriva le jour où le Normand, un peu jaloux il faut bien le dire de son infortuné camarade, estima qu'ils avaient suffisamment fait de chemin ensemble et que, ma foi, puisque l'autre ne voyait rien, il pouvait s'accaparer l'argent. Non content de ça, il jugea bon, avant de s'éloigner tout seul et de rejoindre son pays, de faire disparaître Breton.

Et en effet, un jour qu'ils venaient de se constituer une jolie petite cagnotte, ils cheminèrent en direction d'un précipice que le pauvre aveugle, lui, ne pouvait pas voir, ni même deviner. Et, sans remords aucun, le Normand poussa et précipita dans le vide celui qui croyait être son ami. Et le Normand, plus alerte et libéré, passa son chemin et, suivant la voie lactée des yeux, à la nuit tombée s'engagea sur le chemin de Saint-Jacques où, se disait-il, les pèlerins seront plus généreux. C'est ce qu'il pensait, bien sûr…

Mais revenons à Breton que nous avons laissé dans son précipice comme un malheureux, parce que, justement, il n'était pas mort. Alors, il s'agrippait aux racines, aux arbustes, aux buissons ; il grattait tant qu'il pouvait, il grattait la terre tout autour de lui. Il en avait plein les mains, ses doigts en étaient tout collés. Il avait chaud, il avait chaud, il avait chaud ; il se frottait les yeux. Il se les est si bien frottés que tout d'un coup, il se mit à voir. Il venait de retrouver la vue. Breton n'était plus aveugle, il avait recouvré la vue. Il en fut heureux, vous imaginez bien.

En effet, la terre de ce ravin était bonne pour les yeux. En se frottant ainsi, par miracle, la vue lui avait été rendue.

Comme il se faisait nuit, il décida de ne pas reprendre son chemin et de passer la nuit là. Comme il n'avait aucun abri à proximité, il avisa un grand chêne qui était là sur le bord même du précipice, et il se dit qu'une grosse branche pourrait bien faire son affaire. Il s'y installa donc pour la nuit.

Or, cette nuit-là avait lieu la réunion de tous les animaux sauvages qui venaient faire, chacun leur tour à la compagnie, le rapportage de tout ce qu'ils avaient vu, de tout ce qu'ils avaient

entendu, de tout ce qu'ils avaient appris depuis leur dernière assemblée, il y avait tout juste un an.

L'un d'entre eux se mit à exposer son cas. Mais comme il faisait une nuit vraiment très noire, Breton ne put savoir lequel des participants avait pris la parole. Il entendit à peu près ceci :

« Et toi, qu'est-ce que tu as appris, toi ?

– Oh! moi, je n'ai pas appris grand-chose. Simplement, j'ai appris que dans un endroit, il n'y avait plus d'eau. Mais, quelqu'un m'a dit là où on pourrait en trouver, et que celui qui trouverait cette eau ferait une fortune colossale. »

Quand ils eurent fait le tour des nouvelles apportées par chacun d'eux, ils se séparèrent en se donnant un prochain rendez-vous dans un an.

Breton se dit :

« À présent, je sais où je vais trouver la source de l'eau. »

Il s'y est rendu, et il a gagné beaucoup, beaucoup de sous. C'est ainsi qu'en écoutant les animaux parler la nuit, il devint très riche. Laissons-le tout à la joie d'avoir recrouvé la vue et d'avoir fait fortune. Mais le Normand lui, pendant tout ce temps-là, il avait fait du chemin.

Il avait fini par rejoindre sa maison et retrouver son épouse. Il croyait que Breton était mort, puisqu'il l'avait poussé dans le ravin. Aussi, fut-il très étonné de le voir arriver un beau jour jusqu'à sa porte, en Normandie. Breton, qui était devenu très riche, avait cependant un bon fond. Le Normand lui demanda le secret de cette fortune miraculeuse.

Alors, Breton lui raconta tout sur son aventure et surtout sur ce qu'il avait appris des animaux.

Comme il y avait déjà presque une année que tout cela s'était passé, il lui conseilla de se rendre à son tour à l'assemblée annuelle des animaux sauvages, mais sans se faire voir du haut du chêne qu'il y avait au bord du précipice :

« Tu verras les animaux qui viendront raconter tout ce qu'ils ont appris pendant l'année écoulée. »

Le Normand, le moment venu, retrouva le chemin de l'endroit où il avait poussé son compagnon de route. Il se rendit sur place et, la nuit venue, il se hissa tout en haut du chêne pour écouter les propos qui allaient être tenus par les uns et par les autres.

Enfin, toutes les bêtes furent bientôt rassemblées. Une voix dit alors :

« Quelqu'un a décelé le secret ! Qui a décelé le secret? Qui a décelé… »

Cette année-là, justement, personne n'avait absolument rien décelé ; une seule réponse se fit, toujours la même :

« Moi, je n'ai point rien décelé! Moi je n'ai point rien décelé! »

Or, il se trouvait que justement seul le petit lapin n'était pas arrivé à temps pour assister au début de l'assemblée. Chacun disait :

« Oh, ce sera certainement lui, le petit lapin qui aura décelé. »

Alors ils accusèrent tous le pauvre petit lapin :

« Eh bien, c'est toi qui a décelé? »

« Non, et qu'est-ce que j'aurais décelé?

– Eh bien, ce qu'on avait trouvé l'année dernière, l'endroit de la source!

– Oh, non, ce n'est pas moi, je n'ai point décelé rien !

– Et pourtant, il y en a un parmi nous qui a bien décelé; ou bien quelqu'un de caché et qui nous a écoutés. »

Là-dessus, ils se mirent tous à regarder autour d'eux, et soudain, l'un d'entre eux leva les yeux et aperçut le Normand sur une haute branche :

« Tâ... voyez-vous, eh bien, c'est celui-là qui l'a décelé! »

Ce n'était point pourtant lui, le Normand, c'était Breton !

Mais qu'à cela ne tienne, le chêne a été aussitôt mis à terre, et tous les animaux de l'assemblée se jetèrent sur le pauvre bonhomme et ils le dévorèrent sans autre manière. Et Breton, ma foi, lui n'a rien eu. Il y voyait maintenant, et il était riche. Le Normand a été bien puni d'avoir volé et voulu faire disparaître son malheureux compagnon de route.

Et moi, je passais par là, juste au moment où les animaux bien repus se séparaient. J'ai eu très peur, je me suis caché derrière un épais buisson d'épines noires[1], je les ai regardés s'éloigner,

1 Prunelliers.

et puis, j'ai pris mes jambes à mon cou, j'ai jeté mon bonnet par-dessus la roue du moulin du Goire, qui tournait encore, et je suis venu ici. Cric crac, mon petit conte est fini[1] !

1 Voici un conte recueilli en Charente limousine le 23 novembre 1974, qui plonge ses racines jusque dans la plus haute Antiquité égyptienne et qui est très répandu aujourd'hui en France (une cinquantaine de versions), mais aussi dans le monde : Europe, Asie, Amérique et Afrique. Il appartient au conte-type A.T. 613, The Two Travelers (Truth and Falsehood) : Les Deux Voyageurs (Vérité et Fausseté). Différents chercheurs (Léon Pineau, Geneviève Massignon, Nicole Pintureau, Geneviève Debiais, Catherine Robert, Michel Valière) en ont trouvé des versions en Charente limousine, à Champagne-Mouton et à Esse, aux confins du Limousin, comme aux limites de la Brenne et du Pays montmorillonnais, enfin dans la Vallée de la Vienne

Le Conte de Jean-de-l'Ours

Jean-de-l'Ours était un enfant très fort, très costaud[1]. Tout petit déjà il cassait les assiettes, les chaises, enfin, tout ce qui passait entre ses mains, il le brisait. Plus tard, vers l'âge de quinze ans, alors qu'il était employé dans une ferme, aucune fourche ne lui résistait. Ses parents, inquiets, se demandaient bien ce qu'ils allaient pouvoir faire de leur enfant :

« Qu'est-ce qu'on va faire de ce gars-là ? Ah... j'ai bien mon frère qui est maréchal-ferrant ; on va le mettre en apprentissage chez lui, et il deviendra maréchal comme lui. »

---

1 Voilà un conte qui célèbre l'ensauvagement du jeune homme, la force, la virilité, la bravoure. Il m'a été conté par un violoneux, † Agénor de son prénom (Au Grand Cœur aurait pu être son conom). Petit de taille, il s'était plu à me dire par deux fois le Conte de Jean-de-l'Ours : d'abord le 18 juin 1972, puis le 23 septembre 1973. C'est cette seconde narration qui nous a servi pour l'établissement de ce texte, la première ayant été déjà éditée par nos soins, dans un ouvrage précédent de contes et récits, en 1979. Il est généralement catalogué sous le numéro T. 301. Cinq à six versions à peine ont pu être recensées dans le Centre-Ouest, sauf erreur.

Oui, mais là encore, il cassait tout. Il brisait les marteaux en mille morceaux, coupait les barres de fer, il n'y avait pas moyen de le tenir. Comme ni les parents, ni l'oncle artisan du fer ne savaient plus qu'en faire, ils décidèrent de le faire voyager. Le voilà donc parti à voyager. Mais auparavant, il avait demandé la permission à son tonton de se faire une canne qui l'accompagnerait, à la fois pour l'aider à marcher, mais aussi, si besoin était, pour se défendre des brigands et des voleurs de grand chemin. Il faut que je vous dise qu'en fait la canne qu'il avait entrepris de réaliser pesait au moins une tonne ! Il y avait mis tout le fer de l'atelier. C'est vous dire s'il était fort. Il se sentait prêt à aller par les chemins.

Il se mit donc à parcourir le monde. Il se présentait dans les cirques, il allait de toutes parts, il brassait tout ce qu'il pouvait ; il cassait tout...

Un jour, il rencontra sur sa route un gars qui était en train d'arracher des pieds de chêne. En voyant ça, Jean-de-l'Ours s'exclama :

« Tu es fort, toi !

– Oui, je suis fort, moi! J'arrache les chênes, c'est mon métier. »

Autant dire qu'il était, lui aussi, très très fort. Jean-de-l'Ours le sollicita pour qu'il aille avec lui. Et les voilà tous les deux à marcher dans la même direction. Un peu plus tard, ils aperçurent un grand gaillard qui était en train de retenir une grosse butte de terre, avec sa seule épaule pour l'empêcher de s'écrouler et de bloquer ainsi la route. Admiratif, Jean-de-l'Ours s'adressa directement à lui :

« Tu es costaud, toi aussi, tu es costaud, viens avec nous!

– Ah, tu n'y penses pas, sans moi, la butte de terre tomberait sur la route, et je suis payé pour l'accoter avec mon épaule. C'est mon métier! Je ne peux pas venir avec vous.

– Allez, viens avec nous! »

Et en disant cela, Jean-de-l'Ours donna un violent coup d'épaule dans l'immense butte de terre, et la renversa de l'autre côté. Et les voilà partis finalement tous les trois. Après de longues heures de marche, ils arrivèrent à la grille d'un château. Personne n'y séjournait. Personne. Il y avait bien des chiens de chasse, de beaux chevaux, il y avait tout ce qu'il faut, mais il n'y avait aucun habitant à l'intérieur. Ils en furent très étonnés et se posèrent mille questions.

Sans se soucier des conséquences, ils s'y installèrent pour manger et y passer la nuit qui commençait à tomber. Ils s'occupèrent d'abord des

chiens, puis des chevaux qu'ils soignèrent bien. Ils couchèrent là, et le lendemain, au réveil, il n'y avait toujours personne, en dehors d'eux. Ils étaient devenus les maîtres du château, mais ils s'étaient dit que si le propriétaire venait à se présenter, ils le dédommageraient des frais qu'ils lui avaient occasionnés.

Dès le matin, Jean-de-l'Ours décida d'aller à la chasse. Il confia des tâches à accomplir pendant son absence à Accote-Montagne qui s'était joint à eux en dernier :

« Toi, tu vas rester là, tu feras la soupe, tu mettras le couvert, puis à midi, tu sonneras la cloche et nous reviendrons lorsque nous l'entendrons!

– C'est d'accord. À midi, je sonne la cloche! »

Oui mais, voilà qu'avant midi – il était peut-être onze heures et demie – arrive un tout petit bonhomme, recroquevillé sur lui :

« pam, pam, pam! » Il frappe à la porte d'entrée. Accote- Montagne, tout surpris, crut qu'il avait affaire au maître des lieux. Ce n'était pas le cas. Le petit bonhomme lui dit :

« Non, non, mais je voudrais bien me chauffer !

– Eh bien, rentre te chauffer. Mets-toi là, à côté de la cheminée. »

C'est ce qui se passa. Accote-Montagne continua à préparer sa soupe tranquillement, mais l'autre, au lieu de se tenir à sa place, près du feu, prit dans ses mains une poignée de cendres et la jeta dans la soupe. Très en colère, Accote-Montagne, qui était vraiment très fort, lui sauta dessus, mais c'est le petit bonhomme qui l'a battu et bien battu. Il le traîna jusque derrière une fagotière[1] qui était un peu à l'écart de la maison, et l'abandonna là. Aussi, la cloche ne fut pas sonnée, et ses compagnons s'en revinrent de la partie de chasse, bien étonnés de ce silence. Ils finirent par découvrir le malheureux gaillard derrière les fagots, et ils lui demandèrent ce qu'il faisait dans cette situation. Accote- Montagne ne se souvenait de rien, alors il balbutia, comme pour se faire excuser :

« Je suis venu chercher un fagot pour la cheminée, je suis tombé et je ne me souviens plus de rien. Je suis tout abattu. »

Jean-de-l'Ours, lui, ne fut pas dupe, il avait tout de suite compris qu'il avait eu la visite de ce fameux petit bonhomme.

---

1 Tas de fagots pour la cheminée ou le four.

Le jour suivant, ce fut le tour d'Accote-Montagne de se rendre à la chasse avec lui, et à Tord-Chêne de rester au château pour y préparer le repas. Les voilà donc tous deux partis au galop à la chasse. Mais à midi, point de cloche de nouveau. Évidemment, le petit bonhomme tout recroquevillé était revenu, avait mis de la cendre dans la soupe et attaqué le pauvre Tord-Chêne, que Jean-de-l'Ours et Accote-Montagne retrouvèrent inanimé au pied de l'escalier, et il n'eut d'autre explication à donner à Jean-de-l'Ours que celle-ci :

« J'ai voulu monter au grenier pour y chercher un oignon et je suis tombé. »

Bien sûr, Jean-de-l'Ours avait compris ce qui avait dû se passer. Le troisième jour, il décida de rester lui-même au château pour leur préparer le repas de midi tandis que eux iraient à la chasse.

Mais lui, avait pris soin de placer sa canne d'une tonne, bien dissimulée dans un coin. Bientôt, le petit bonhomme tout recroquevillé arriva, frappa à la porte vers onze heures et demie :

« pam, pam, pam ». En colère, Jean-de-l'Ours lui dit :

« Qu'est-ce que tu viens chercher par ici ? »

Le bonhomme répondit, avec une voix de fausset :

« Je voudrais bien me chauffer.

– Eh bien, mets-toi dans ce petit coin, là ; mais si tu bouges, oui, tu la vois celle-là, tu la vois cette canne, elle n'est pas fatiguée… elle n'est pas fatiguée cette canne-là! »

Mais le petit bonhomme ne s'en souciait guère, il n'avait pas peur. Tout d'un coup, pouf ! Il jeta une poignée de cendres dans la poêle où il faisait cuire le repas. En colère, Jean-de-l'Ours sauta sur le bonhomme, et les voilà à se rouler tous les deux par terre. Jean-de-l'Ours se saisit de sa lourde canne et vlan ! vlan ! À chaque coup reçu, l'autre criait :

« Hola Hola! Hola, tu me tues ! »

Et ce faisant, il se jeta dans le puits pour se soustraire aux coups que lui portait Jean-de-l'Ours avec sa canne. Et à midi, Jean a pris la cloche et ding, ding, et ding ding, et ding ding… Puis, lorsque ses compagnons vinrent à l'heure dite, il leur dit très en colère :

« Bande de fainéants, vous vous êtes laissé battre par un tout petit bonhomme! Il est au fond du puits, allez me le chercher tout de suite, et ramenez-le ici. »

Et, ma foi, il n'a eu aucune pitié pour lui, il l'a jeté dans le puits où il doit être encore. Et c'est ainsi que Jean-de-l'Ours est devenu le maître du château[1], par sa force et la crainte qu'il inspirait aux autres.

1 † Agénor Arlot tenait ce conte de sa défunte grand-mère B. Elle les lui disait le soir, au cours des veillées tout en travaillant. Son occupation, se souvient-il, consistait surtout à filer la laine avec son rouet. Parmi les contes qu'elle avait l'habitude de lui dire, il y avait aussi celui de la Mére Treùe, et les histoires de Jean-le-Sot.

À la Saintonge, à l'Angoumois,
Au coin de terre un peu sauvage,
Où je naquis en sol gaulois[1],
Enfant de la lande *et des bois,*
J'offre cet humble et tendre hommage.

1. Je suis né à La Grolle, commune de Touverac, canton de Baignes (Charente). En patois *grolle* signifie *corbeau*.

Deuxième partie

Contes populaires de la Charente

A. Esmein

Préface

J'ai intitulé ce petit livre *La Vieille Charente*, parce que la Charente qui y est reflétée, celle que j'ai connue dans mon enfance et dans ma première jeunesse, n'existe plus, ou du moins il n'en reste que des vestiges. Le temps et le progrès ont fait leur œuvre bienfaisante ; mais, du même coup, ils ont souvent emporté avec eux le pittoresque et la couleur locale.

La première partie de *La Vieille Charente*, qui est de moi, comprend de petites pièces écrites presque toutes en patois saintongeais, celui qui se parlait dans le canton de Baignes, quand j'étais enfant. Elles ont, pour première origine, les *Dîners de l'Angoumois*, où se réunissent périodiquement les membres de *L'association amicale des Charentais* à Paris. On a bien voulu — et c'est devenu presque une habitude — me demander de dire en ces réunions quelques fables de l'éminent poète et érudit de Jarnac, Burgaud des Marets. Puis, je me suis enhardi à composer moi-même, pour les dire à nos amis, quelques pièces dans un dialecte voisin de celui qu'il employait. Nos compatriotes, trop indulgents sans doute, leur ont fait bon accueil : c'est ce qui m'a décidé à les publier.

Bien que des notes expliquent certaines formes de langage assez peu connues ou difficiles, je dois donner ici quelques explications sur la langue et l'orthographe que j'ai employées. C'est une langue qui jusqu'au XIXe siècle est restée purement orale. Quelques-uns, de nos jours, en tête desquels est Burgaud des Marets, ont entrepris de l'écrire ; mais naturellement, chacun s'est fait son orthographe, quoique celle qu'avait adoptée le maître soit restée dominante. Je suis ordinairement cette dernière, mais sur certains points je l'abandonne.

Ainsi je ne marque pas par *jh* ou par *gh* l'aspiration gutturale et si caractéristique du *j* ou du *g* en saintongeais, l'aspiration *wisigothique*, comme disait Édouard Laferrière, un Charentais trop tôt ravi à la France. Ceux qui sont du pays connaissent bien cette valeur particulière du *j* et du *g*, et la notation *jh* ou *gh*, inutile pour les autres, ne sert pour tous qu'à compliquer et défigurer la forme des mots. D'ailleurs, le *ch* se prononce avec la même aspiration, et là il est presque impossible de la noter : il faudrait pour cela écrire, par exemple : *chheun* (chien).

Dans beaucoup de mots saintongeais, correspondant à des mots français qui n'ont qu'un *l*, le son en est fortement mouillé. Burgaud des Marets remplace alors l'*l* par un *i* et il écrit ainsi : *bian* (blanc) ; *piaisi* (plaisir). Cela me paraît être une exacte transcription et ces formes correspondent à l'italien : *bianco*, *piacere*. Mais il y a des mots où cette transcription est presque impossible ; par exemple, pour la troisième personne du singulier de l'indicatif présent du verbe *sembler* (sembier), je n'écrirai point : *o sembie*, pas plus que je n'écrirai *pii* ou *piit* pour le mot qui signifie *pli*. De même dans certains mots l'*l* mouillé doit se faire sentir lui-même : il en est ainsi, par exemple, dans le mot *clair*, que Burgaud des Marets, écrit *Kliér*. Le même auteur écrit *vieye* pour *vieille* et l'on peut en ce sens invoquer la similitude de l'espagnol *viejo* ; mais il me paraît, meilleur, plus conforme à la prononciation, de conserveries deux l mouillés de *vieille*, de même que dans *cagouille*, que Burgaud des Marets transcrit *cagouye*. Dans les mots où l'*l* doit se faire sentir avec un son mouillé, alors même qu'il n'y en a qu'une, tantôt je la ferai suivre d'un *i* comme dans *cliair*, tantôt je doublerai l'*l*, comme dans *samblle*, *pllit*.

Pour les infinitifs en *r* je conserve aussi la lettre finale, au lieu que Burgaud des Marets écrit *aimé duvri*, pour *aimer, duvrir* (ouvrir). Il est certain que là l'*r* ne se prononce pas, mais ce n'est pas une raison suffisante pour le supprimer. Beaucoup de consonnes finales ne se prononçaient pas jadis en français, c'est la grande habitude de la lecture et de l'écriture qui leur a donné une valeur accentuée. Ainsi autrefois pour *fils* tout le monde disait *fi*. Burgaud des Marets, au lieu du *c* dur met généralement un *k* ; ainsi il écrit *Kieur* le mot qui signifie *cœur*. Je n'adopte pas en principe cet emploi du *k* et j'écris *quieur*, qui me paraît plus exact, d'autant que le mot en réalité se prononce presque *tieur*. Parfois c'est le *t* seul qui figure la vraie prononciation, comme dans *tiuve* = *cuve*.

Dans la déclinaison du saintongeais moderne le substantif est invariable. Non seulement il n'y a pas de cas ; mais le pluriel est semblable au singulier et ne se termine point par *s*. Le pluriel distingué pas l'*s* final ne se trouve que dans l'article et dans certains pronoms. C'est ce qu'on observe constamment chez Burgaud des Marets et c'est la même déclinaison qu'on trouve dans le dialecte poitevin moderne[1]. D'après la savante étude de mon ancien maître Auguste Boucherie, mon professeur de cinquième au lycée d'Angoulême, au XIIIe siècle le dialecte poitevin n'avait pas encore subi cette usure, cette simplification[2].

Pour les troisièmes personnes du pluriel de l'indicatif présent, de l'imparfait et du futur des verbes en *er*, je donne les formes *alan*, *venan*, *vindran*, sans *t* à la fin, semblables à l'italien *andano*. De même j'écris sans s les premières personnes du pluriel en *on* ou *an*.

Les *Contes*, qui forment la seconde partie de ce petit livre, sont bien *populaires* et bien *charentais* ; on me les racontait quand j'étais enfant ; et seuls sont de moi les commentaires qui les accompagnent. Quelques-uns (les deux derniers) sont loin d'être délicats ; mais jadis ce n'était pas seulement, chez les paysans que le parler était franc et la plaisanterie souvent très grosse. Ces contes ont dû avoir tous un *original* en dialecte saintongeais. Mais, comme ils m'ont été racontés par des *bourgeois*, le texte que j'en donne est presque

1. L. Favre, *Glossaire du Poitou, de la Saintonge et de l'Aunis*, p. LVIII (déclinaison du mot *Bourney*, le *Bournard* en saintongeais).

2. *Le dialecte poitevin au XIIIe siècle*, p. 258 et suivantes.

totalement en français; seulement de temps à autre apparaissent des fragments du texte saintongeais, qui a été conservé pour les traits les plus caractéristiques.

Le vieux tripet et son sac

La coutume primitive dans un conte populaire[1]

L'étude des contes populaires est devenue, de nos jours, une science. Nous recherchons en eux, comme dans les mythes, les impressions et les pensées de nos plus lointains aïeux. Pour interpréter ces récits qui, pendant des siècles, n'ont servi qu'à distraire les âmes simples des enfants et des paysans, plusieurs méthodes ont été proposées et appliquées, qui luttent entre elles avec un acharnement tout scientifique. Comme il arrive presque toujours, il est possible que chacune de ces méthodes antagonistes contienne une part de vérité. Mais celle qui paraît donner

1. Les principales parties de cette étude ont paru dans la *Nouvelle Revue historique de droit français et étranger* et dans la *Revue des Charentes*.

en général les résultats les plus satisfaisants a été ramenée à des données précises et systématiques par M. Lang[1]. Elle repose sur cette idée que les invraisemblances et les énormités, les traits de sauvagerie et d'immoralité, dont ces contes fourmillent, étaient au début toujours pris au sérieux par ceux qui ont composé ces récits. Ils étaient empruntés à la vie réelle ou aux conceptions et aux croyances des hommes anciens. Par là aussi s'explique ce fait étrange que les mêmes mythes et les mêmes contes se retrouvent, parfois presque identiques, chez les peuplades et les peuples les plus divers, séparés par les siècles ou par les Océans. La transmission d'un de ces thèmes à travers le monde entier est le plus souvent inadmissible ; mais les conceptions des sauvages, des non civilisés, sont à peu près partout les mêmes, et le même état d'esprit, la même petite provision d'idées primitives, ont produit spontanément les mêmes mythes et les mêmes récits, dans les pays les plus divers. On comprend encore que ces contes, par la force, si profondément conservatrice, de la tradition

1. Voyez en particulier Lang, *Custom and myth*, new edition, 1898. Cf. Bédier, *Les fabliaux*, études de littérature populaire et d'histoire littéraire du Moyen Âge, dans la *Bibliothèque de l'École pratique des hautes Études*, section d'histoire et de philologie, fasc. 98, p. 31 et s.

populaire, se soient fidèlement conservés et transmis de génération en génération, même dans les pays civilisés. Sans doute ils jurent avec les idées et les usages des hommes nouveaux. Mais le fils raconte comme racontait le père et l'absurdité des détails et des incidents est largement atténuée par ce fait bien connu que les conceptions primitives survivent souvent dans les masses populaires, à peine recouvertes, à la surface, par l'apport de la civilisation. C'est pour cela que la science des idées, des coutumes et des traditions populaires, ou *Folklore*, est aujourd'hui une branche essentielle de l'archéologie ou de la mythologie comparées[1]. Parfois la survivance est très nette, et le récit conserve intacts le trait de mœurs ou l'idée primitifs, alors même que celui qui raconte et celui qui écoute en ont totalement perdu le sens : les enfants et, comme eux, les illettrés, prennent plaisir à entendre et à répéter des phrases et des formules qu'ils ne comprennent pas et qu'ils gardent néanmoins dans leur mémoire. Parfois le conte du passé tâche de s'adapter au milieu nouveau, dans lequel il survit, modifiant au cours du temps l'élément

1. Lang. *Custom and myth*, p. 6, 11, 13, 21,?4, 25, 31, 51, 65, 72, 77, 85, 101,125.

primitif fourni par la tradition; mais il est rare que quelque retouche par trop gauche, quelque détail caractéristique conservé, ne révèle pas le remaniement à un œil exercé, ouvrant ainsi la possibilité de reconstituer la forme première. Cependant pour avoir la clef et retrouver le sens primitif du conte, il faut souvent tomber sur une version plus fidèle que les autres, chance d'ailleurs assez commune; car, dans cette littérature, qui vit sur un petit nombre de thèmes, le même motif se reproduit sous les formes les plus variées, dans le même pays, ou dans des pays différents.

Les traits ainsi conservés dans les contes populaires ont été utilisés fréquemment pour reconstituer la civilisation primitive, matérielle ou morale[1]. Ils l'ont été plus rarement pour retrouver les institutions et la coutume primitives. Pour l'étude de ce vieux droit coutumier, qui se trouve à la base même des sociétés humaines; ils peuvent fournir cependant de précieux renseignements. Je voudrais en fournir la preuve par un exemple.

Le conte populaire, que je me propose d'étudier à ce point de vue, est un conte français, quoique l'on en trouve des formes parallèles en

1. Voyez en particulier, Tylor, *La civilisation primitive*, traduction Barbier, *passim*.

d'autres pays. Cependant il ne figure point dans les *Kinder-und-Hausmdrchen* des frères Grimm, ni dans la plupart des autres recueils de contes étrangers que j'ai eu l'occasion de consulter. J'en ai trouvé chez nous quatre versions, très différentes. Deux ont été publiées. La première figure, sous le n° LXIV, dans les *Contes populaires de la Haute-Bretagne*, publiés par M. Paul Sébillot ; la seconde a été publée par MM. Montet et Lambert dans la *Revue des langues romanes*, t. III, p. 208. Les deux autres m'ont été fournies par la tradition orale : je tiens l'une d'une personne amie de ma famille, et quant à la dernière, la plus utile, je la donne ici telle qu'on me la racontait jadis en Charente, lorsque j'étais enfant, telle que, depuis, je l'ai bien souvent contée moi-même

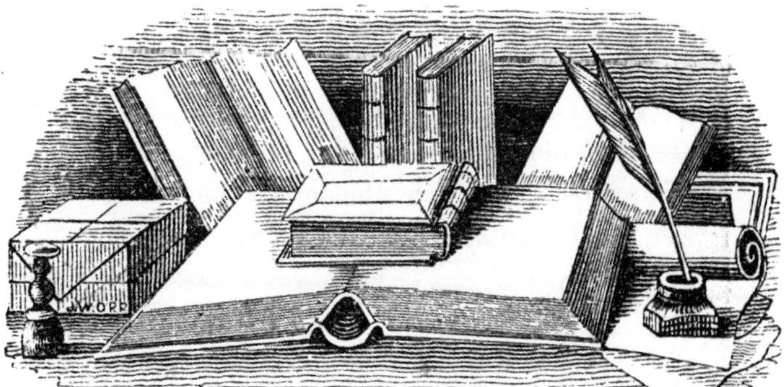

à mes enfants. Je ferai d'abord passer ces textes sous les yeux du lecteur ; j'essaierai ensuite d'en fournir l'interprétation.

Pour montrer par un exemple topique, l'antiquité et en même temps la large diffusion de ce conte, je joindrai aux versions françaises une version Kabyle (E), que je trouve dans le *Recueil de contes populaires de la Kabylie et du Djurdjura* recueillis et traduits par J. Rivière[1].

Les textes

A
Vadoyer[2]

Il était une fois un homme qui avait un grain de blé, et il se nommait Vadoyer.

Il alla chez une bonne femme et lui dit :

— Bonjour, bonne femme.

— Bonjour, Vadoyer.

— Voulez-vous garder mon grain de blé ?

— Volontiers, déposez-le là, et on le mettra dans le grenier avec ceux que nous avons.

Le lendemain à midi, il revint au logis de la vieille fermière :

1. Paris, Leroux, 1882.

2. Paul Sebillot. *Contes populaires de la Haute-Bretagne*, p. 346.

— Bonjour, bonne femme.

— Bonjour, Vadoyer.

— Avez-vous bien gardé mon grain de blé ?

— Ah ! mon pauvre Vadoyer ! il nous est arrivé un grand malheur : notre poule l'a mangé à son déjeuner.

— Je vais vous faire un procès, bonne femme, je vais vous faire un procès.

— Nenni, dit-elle, ne parlez point de cela et prenez plutôt la poule. Vous n'y perdrez rien, car c'est une bonne pondeuse.

Il emporta l'oiseau de basse-cour et alla chez une autre personne :

— Bonjour, bonne femme.

— Bonjour, Vadoyer.

— Voulez-vous bien garder ma poule ?

— Oui, laissez-la moi, je vais la mettre à l'étable avec les miennes et elle sera aussi bien soignée qu'elles.

Mais la vache donna un coup de pied à la poule qui fut tuée.

Quelque temps après, le maître de la poule revint :

— Bonjour, bonne femme.

— Bonjour, Vadoyer.

— Avez-vous eu bien soin de ma poule ?

— Hélas ! mon pauvre ami, ce matin notre vache l'a tuée d'un coup de pied.

— Je vous ferai un procès, la mère, je vous ferai un procès.

— Laissez-moi tranquille, Vadoyer, et au lieu d'aller en justice prenez plutôt la vache.

Il emmena la bête qui était une jolie laitière, blanche et noire, au poil fin et lustré, et, la traînant avec une corde, arriva à la maison d'une autre femme.

— Bonjour, bonne femme.

— Bonjour, Vadoyer.

— Voulez-vous garder ma vache ?

— Oui, attachez-la près d'ici, et on la mettra à l'écurie parmi les nôtres.

Vers le soir, la fille de la maison prit son escabeau et son pot au lait, et entra dans l'étable pour traire les vaches ; mais celle de Vadoyer ne voulut pas se laisser faire, elle se débattait, elle donna à la fille un coup de pied qui lui fit mal et renversa son pot à lait ; alors la vachère se mit en colère et frappa la bête d'un coup de banc si bien appliqué qu'elle tomba morte.

Le jour suivant, Vadoyer revint :

— Bonjour, bonne femme.

— Bonjour, Vadoyer.

— Avez-vous bien gardé ma vache ?

— Ah ! mon pauvre Vadoyer, hier en la tirant, notre fille s'est mise en colère, et l'a tuée en la frappant avec son escabeau.

— Je vais vous faire un procès, bonne femme ; sûrement, je vais vous faire un procès.

— Gardez-vous en bien, mon voisin, et prenez plutôt la fille.

Vadoyer mit la fille dans un sac, et, le portant sur son dos, alla chez une autre femme, qui était justement la marraine de la fille, mais c'était une circonstance qu'il ignorait.

— Bonjour, bonne femme.

— Bonjour, Vadoyer.

— Voulez-vous garder ma pochée ?

— Volontiers, mettez-la derrière la porte et personne n'y touchera.

Quelque temps après qu'il fut parti, la vieille dit à sa servante, qu'elle croyait près d'elle.

— Jeannette, veux-tu une écuellée de soupe ? La servante ne répondit pas, mais la jeune fille qui était dans le sac disait :

— J'en mangerais bien une, moi.

Par deux fois, la vieille fit sa demande et à chaque fois une voix sortait du sac et lui répondait. Elle regarda dans le sac et ayant reconnu sa filleule elle l'en fit sortir et la cacha, et, à sa place, elle mit une grosse chienne.

Quand Vadoyer revint, il dit :

— Bonjour, bonne femme.

— Bonjour, Vadoyer.

— Avez-vous bien gardé ma pochée ?

— Oui, la voilà ; vous n'avez qu'à la prendre.

Il mit sur son dos le sac qui, à ce qu'il croyait, contenait la jeune fille. Quand il fut un peu plus loin, il desserra les cordons du sac, et dit :

— Jeannette, embrasse-moi par-dessus mon épaule.

— Houoh ! Houoh ! répondit la chienne. Vadoyer fut si épouvanté qu'il laissa tomber la pochée par terre et s'enfuit au plus vite.

B
TURLENDU[1]

Turlendu, pour toute fortune, n'avait rien qu'un pois. Il va à une maison pour voir s'ils[2] ne lui garderaient pas son pois. Ils lui dirent : Posez-le sur la table.

Au bout de quelques jours il vient chercher son pois. – Mon cher la poule vous l'a mangé. – Tant j'attendrai[3], tant je crierai que la poule d'ici j'aurai. – Vous faut pas tant attendre ni tant crier ; il n'y a qu'à prendre la poule et à vous en aller.

Il prend la poule et va dans une autre maison. – Bonjour, Turlendu ; venez vous chauffer. – Je n'ai pas froid ; mais je viens voir pour que vous

1. *Revue des langues romanes*, t. III, p. 206, publiée par MM. Montet et Lambert, d'après M. Liebih, pasteur à Saint-Germain de Calberte (Lozère). Le texte original est en patois de la Lozère, en prose, mais avec de nombreuses assonnances. Il a été traduit dans les *Contes des provinces de France* de M. Sébillot, p. 317. Mais j'en essaie ici une traduction nouvelle, où je me suis efforcé de serrer le texte de plus près.

2. Les gens de la maison.

3. Le texte porte : « Tant *badarai*, tant cridarai, d'aqui que la galino n'aurai ». M. Sebillot traduit ainsi ce passage : « Tant je *me plaindrai*, tant je crieiai que cette poule j'aurai ». Mais un autre sens du verbe roman *badare*, donné par Diez (*Etymologisches Wôrterbuch der romiinischen Sprachen*), me paraît mieux convenir. C'est celui d'attendre, attendre la bouche ouverte. Tous les sens de ce mot se réfèrent à l'idée de la bouche ouverte. Voyez plus loin la fin du conte du vieux Tripet.

me gardiez ma poule, s'il vous plaît. — Eh bien ! mettez-la au poulailler.

Au bout de quelques jours, il vient chercher sa poule. — Mon cher, l'autre jour elle est tombée dans l'étable du porc et il vous l'a mangée. — Tant j'attendrai, tant je crierai que le porc d'ici j'aurai. — Vous faut pas tant attendre ni tant crier ; vous n'avez qu'à prendre le porc et à vous en aller.

Il prend le porc et va dans une autre maison. — Bonjour, Turlendu, voulez-vous vous chauffer ? — Je n'ai pas froid, mais je viens voir pour que vous me gardiez mon porc, s'il vous plaît. — Eh bien ! mettez-le à l'étable.

Au bout de quelques jours, il vient chercher son porc. — Mon cher, l'autre jour il est entré dans l'étable de la mule ; elle lui a donné un coup de pied et l'a tué. — Tant j'attendrai, tant je crierai, que la mule d'ici j'aurai. — Vous faut point tant attendre ni tant crier ; vous n'avez qu'à prendre la mule et à vous en aller.

Il prend la mule et s'en va dans une autre maison. — Bonjour, Turlendu ; venez vous chauffer. — Je n'ai pas froid, mais je viens voir pour que vous me gardiez ma mule, s'il vous plaît. — Eh bien ! laissez-la ici.

Au bout de quelques jours, il vient chercher sa mule. — Mon cher, l'autre jour, la chambrière (servante) l'a menée boire ; elle l'a laissée tomber dans le puits. — Tant j'attendrai, tant je crierai, que la chambrière d'ici j'aurai. — Vous faut point tant attendre ni tant crier ; vous n'avez qu'à prendre la chambrière et à vous en aller.

Il prend la chambrière, la met dans un sac et s'en va à une autre maison. — Bonjour, Turlendu, venez vous chauffer. — Je n'ai pas froid, mais je viens voir pour que vous me gardiez mon sac, s'il vous plaît. — Eh bien ! mettez-le là derrière la porte.

Turlendu s'en va. Pendant qu'il n'y était pas ils firent sortir la fille, et mirent (à la place) un gros chien.

Il vint chercher son sac. Quand il l'eut porté un bout de chemin, il cria : — Marche un peu, je suis las de te porter.

Comme il ouvrait son sac, le chien lui saute au nez et le lui emporte.

Et puis il disait : — D'un petit pois à une poulette ; d'une poulette à un cochonnet (*pourquet*), d'un cochonnet à une mulette (*miouleto*, petite mule) ; d'une mulette à une fillette ; d'une fillette à un roquet (*chinas*, mauvais chien) qui m'a emporté le nez[1].

C
Berlicoquat

Berlicoquat a tant ramassé, tant ramassé, qu'il a ramassé trois épis de blé.

Il s'en fut chez une femme. — Bonjour, Madame — Bonjour. Berlicoquat. — Voulez-vous me garder mes trois épis de blé ? — Oui, mettez-les sur l'armoire. Deux ou trois jours après, Berlicoquat est repassé chez la femme : Bonjour, Madame. — Bonjour, Berlicoquat. — Avez-vous mes trois épis de blé ? — Ah ! quel malheur ! La poule a sauté sur l'armoire et elle les a mangés. — Eh bien nous plaiderons ? — Il n'y a ni plaidant ni plaidette ; prenez la poule et allez vous-en avec (*avecque*).

Berlicoquat est allé chez une autre femme : Bonjour, Madame. — Bonjour, Berlicoquat. — Voulez-vous me garder ma poule ? — Oui, mettez -la avec les autres dans la cour. Deux ou trois

1. Voici cette fin en patois « D'un pezoulhet à uno pouleto, — d'uno pouleto à un pourquet, — d'un pourquet à uno miouleto, — d'uno miouleto à uno filheto, — d'uno filheto à un chinas, —que m'a empourtat le naz ».

jours après Berlicoquat est repassé chez la femme. — Bonjour, Madame. — Bonjour, Berlicoquat. —Avez-vous ma poule ? —Ah ! quel malheur ! Elle est allée dans l'écurie, le cheval lui a donné un coup de pied et elle est morte. — Eh bien ! nous plaiderons. — Il n'y a ni plaidant ni plaidette. Prenez le cheval et allez vous en avec.

Berlicoquat est allé chez une autre femme. — Bonjour, Madame. — Bonjour, Berlicoquat. — Voulez-vous garder mon cheval ? — Oui, mettez-le à l'écurie avec les autres. Deux ou trois jours après, Berlicoquat est repassé chez la femme. — Bonjour, Madame. — Bonjour, Berlicoquat. — Avez-vous mon cheval ? Ah ! quel malheur ! La servante est allée à l'écurie ; elle l'a détaché et il s'est sauvé. — Eh bien ! nous plaiderons ! — Il n'y a ni plaidant ni plaidette. Prenez la servante et allez-vous en avec. On a mis la servante dans un sac et Berlicoquat l'a emportée. II est allé chez une autre femme. — Bonjour, Madame — Bonjour, Berlicoquat. — Voulez-vous garder mon sac ? — Oui, mettez-le dans le coin. Mais la femme avait fait de la galette ; elle l'a découpée et en a donné une part à chacun de ses enfants. Puis elle a demandé : — En avez-vous tous, mes enfants ? Une voix a répondu : — Moi, marraine, je n'en ai pas ! Etonnée, la femme a demandé de nouveau si tout le monde en avait eu. La voix a encore répondu : — Moi, marraine, je n'en ai pas ! Elle a connu alors que la voix sortait du sac. Elle a ouvert le sac et en a sorti la servante, qui était sa filleule. Mais il fallait rendre le sac à Berlicoquat ; on a mis dedans le chien de la maison.

Lorsque Berlicoquat est revenu, on lui a donné le sac. Il l'a emporté, et le chien, qui était dedans, faisait : Hou ! Hou ! Et Berlicoquat répondait : « Hou ! Hou ! Hou ! Oui, au coin du bois je te défermerai ». Au coin du bois, il a ouvert le sac. Le chien en est sorti et s'est sauvé. Il court encore.

[Raconté par Mlle Morat, à qui sa vieille bonne, d'Avesnes (Nord) disait ce conte, il y a environ soixante ans].

D
Le vieux tripet et son sac[1]

Il y avait un vieux qui s'appelait le vieux Tripet et qui demandait son pain aux portes[2]. Il avait un sac, dans lequel il y avait quelques grains de blé.

Un soir, il est arrivé à une maison. — Toc, toc. — Entrez. — Bonsoir maître, et maîtresse, *s'o i en at*[3]. Voulez-vous loger le vieux Tripot, et son sac[4] ? — Oh ! je logerons bien le vieux Tripet, mais je logerons pas son sac ! — Oh ! *quand o ne serait*[5] que dans le toit de vos poules[6] ». On a donc mis le sac du vieux Tripet dans le toit des poules.

1. Je donne ce conte, tel que je l'ai recueilli en Charente. Il est, pour la plus grande partie en français, avec des membres de phrase en patois saintongeais, intercalés çà et là. Il me paraît presque certain que ce sont là des fragments, des vestiges d'une version tout entière en patois saintongeais, qui s'est perdue.

2. Demander son pain aux portes, veut dire: vivre en mendiant de porte en porte.

3. *S'o i en at* (saintongeais) — s'il y en a.

4. Il y a là une assonance, qui fait rimer *s'o i en at* avec *sac*; ce dernier mot se prononce en effet *sa* ou *sat*.

5. *Quand o ne serait* (saintongeais) = quand cela ne serait.

6. *Le toit des poules*: c'est le poulailler.

Mais, pendant la nuit, les poules ont ouvert le sac et mangé les grains de blé qui étaient dedans.

Le lendemain matin, quand le vieux Tripet a voulu prendre son sac pour partir, il a dit à ces gens. — « Ce sont vos poules qui ont mangé mes grains de blé ; il faut que vous me donniez vos poules » ? Ils étaient obligés de lui donner les poules. Il les a mises dans son sac et il est parti.

Le soir, il est arrivé à une autre maison. — « Toc, toc. — Entrez. — Bonsoir maître et maîtresse, s'o i en at. Voulez-vous loger le vieux Tripet et son sac ! — Oh ! je logerons bien le vieux Tripet, mais je logerons pas son sac ! — Oh ! quand o ne serait que dans le toit de vos cochons[1] ». On a donc mis le sac du vieux Tripet dans le toit des cochons. Mais pendant la nuit les cochons ont ouvert le sac et mangé les poules qui étaient dedans.

Le lendemain matin quand le vieux Tripet a voulu prendre son sac pour partir, il a dit à ces gens : — « Ce sont vos cochons qui ont mangé mes poules ; il faut que vous me donniez vos cochons ». Ils étaient obligés de lui donner les cochons. Il les a mis dans son sac et il est parti.

Le soir il est arrivé à une autre maison. — « Toc, toc. — Entrez. — Bonsoir maître et maîtresse, s'o

1. L'étable des porcs.

i en at ; voulez-vous loger le vieux Tripet et son sac ? – Oh ! je logerons bien le vieux Tripet, mais je logerons pas son sac ! – Oh ! quand o ne serait que dans l'écurie[1] de vos bœufs ». On a donc mis le sac du vieux Tripet dans l'écurie des bœufs. Mais dans la nuit les bœufs ont ouvert le sac et mangé les cochons qui étaient dedans.

Le lendemain matin, quand le vieux Tripet a voulu prendre son sac pour partir, il a dit à ces gens : – « Vos bœufs ont mangé mes cochons. Il faut que vous me donniez vos bœufs ». Ils étaient obligés de lui donner les bœufs. Il les a mis dans son sac et il est parti.

Le soir il est arrivé à une autre maison. – « Toc, toc. – Entrez. – Bonsoir maître et maîtresse, s 'o i en at ; voulez-vous loger le vieux Tripet et son sac ? – Oh ! je logerons bien le vieux Tripet, mais je logerons pas son sac ! – Oh ! quand o ne serait que dans votre grange[2] ». On a donc mis le sac du vieux Tripet dans la grange. Mais il y avait dans cette maison une petite fille, qui s'appelait Marit[3]. Elle est allée dans la grange, pour voir ce qu'il y avait dans le sac. Elle a ouvert la porte ; elle

1. L'étable.

2. La gringe au foin.

3. Marie.

a ouvert le sac. Les bœufs se sont sauvés[1] et elle n'a pas pu les rattraper.

Le lendemain matin, quand le vieux Tripet a voulu prendre son sac pour partir, il a dit à ces gens : – « C'est votre petite fille qui a fait sauver mes bœufs. Il faut que vous me donniez votre petite fille ». Ils étaient obligés de lui donner la petite fille. Mais cela faisait bien de la peine à ces gens. Ils ont dit au vieux Tripet : « Donnez votre sac, nous allons mettre la petite fille dedans ». Mais ils n'ont point mis la petite fille dans le sac ; ils ont mis, à la place, un petit chien noir, et ils ont rendu le sac au vieux Tripet, en disant : – Tenez, la petite fille est dedans, vous pouvez l'emporter ».

Le vieux Tripet est parti. Il portait le sac sur son dos, et, de temps en temps, le petit chien, qui était dedans, faisait : gniap ! gniap ! – « Qu'as-tu Marit ? » disait le vieux Tripet. Le petit chien faisait encore : gniap ! gniap ! – « Que veux-tu, Marit », dit le vieux Tripet, « tu veux déjeuner ? » Le vieux Tripet s'est arrêté et s'est assis au bord de la route. Il a ouvert le sac pour en faire sortir la petite fille. Mais il en est sorti un petit chien noir : *et le cheun côrait et le vieux Tripet badait*[2].

1. Se sont enfuis.

2. Patois saintongeais : et le chien courait et le vieux Tripet restait bouche bée.

E
Le chacal[1]

Une épine était entrée dans sa patte ; il rencontra une vieille femme qui allait à la fontaine . « O ma mère ! lui cria-t-il, tire-moi une épine ». Elle tira l'épine et la jeta. Le chacal lui dit : « O ma mère, donne-moi mon épine ». — « Ah ! mon fils, je l'ai jetée ». — « Donne-moi mon épine ». Et il jurait parce que la vieille lui avait perdu son épine. « Tais-toi, dit-elle, et ne pleure pas, je te donnerai un œuf ». Il la suivit à sa maison et la vieille lui donna un œuf. Il alla jusque dans un village et frappa à une porte : « Gens de la maison, hébergez-moi ». Il entra. « Où placerai-je, mon œuf ? » — « Mets-le dans la crèche du bouc ». Durant la nuit, il mangea l'œuf, et en suspendit la coque aux cornes du bouc. Au point du jour, il se leva : « Donnez-moi mon œuf ». — « Nous te dédommagerons de ton œuf ». — « Non, c'est le bouc qui l'a mangé, j'emmènerai le bouc ». On lui donna le bouc, il l'emmena. Il arriva à un village et cria à une porte : « Gens de la maison, hébergez-moi ». — « C'est bien, entre ». — « Où placerai-je mon bouc ? » — « Attache-le à la crèche du cheval ». Durant la nuit, il mangea

1. J. Rivière, *Recueil* cité, p. 79.

le bouc et en suspendit les intestins aux oreilles du cheval. Au point du jour, il se leva. « Donnez-moi mon bouc ». — « Nous t'en donnerons un autre ». Il refusa. « Vous me donnerez le cheval, c'est le cheval qui l'a mangé ». On lui donna le cheval, il l'emmena jusqu'à un autre village : « Gens de la maison, hébergez-moi ». — « C'est bien, entre ». — « Où placerai-je mon cheval ? » — « Attache-le à la crèche de la vache ». Durant la nuit, il se leva, mangea le cheval et en suspendit les intestins aux cornes de la vache. De grand matin, il se leva : « Donnez-moi mon cheval ». — « Nous t'en donnerons un autre ». — « Non, j'emmènerai la vache. » Il emmena la vache et marcha jusqu'à un autre village : « Gens de la maison, hébergez-moi. — Où placerai-je ma vache ? — Attache-la au lit de la jeune fille ». Durant la nuit, il se leva, mangea la vache et en plaça les intestins sur le dos de la jeune fille. Le lendemain matin, il demanda sa vache. « Nous t'en donnerons une autre ». Il refusa. « C'est la jeune fille que j'emmènerai. » Ils lui remirent un sac dans lequel il croyait emporter la jeune fille. Arrivé à une colline, il délia le sac pour manger sa proie ; aussitôt il en sortit des lévriers. En les voyant, il prit la fuite vers le bois ; les lévriers le poursuivirent, le saisirent et le mangèrent.

[Dans ce conte, sauf la nature du personnage principal, qui est, non un homme, mais un chacal, qui se charge, par suite, de dévorer successivement les bêtes et qui est mangé à son tour, le parallélisme avec le Vieux Tripet est frappant].

L'INTERPRÉTATION

Les éditeurs du conte de *Turlendu* (B) en ont donné l'interprétation suivante[1] : « Il appartient à ces contes par progression, dont *Lou Cese*, publié par l'*Armana prouvençau*, est l'exemple le plus caractéristique. Le héros, cherchant fortune, part de chez lui avec un pois chiche, l'échange successivement contre une poule, un porc, un cadavre de femme, une jeune fille vivante et finit par devenir un grand seigneur. Le conte populaire substitue à cette idée merveilleuse une idée burlesque ; puis, brusquant le dénouement par une fin ridicule, trompe, de parti pris, l'attente des auditeurs ».

L'explication est ingénieuse et juste, mais elle s'applique seulement à la forme du conte. Le fond même reste inexpliqué ; car l'idée sur laquelle il repose et qui en est le ressort, n'est

1. *Revue des langues romanes*, *loc. cit.*, p. 205.

point, en elle-même et simplement, une idée burlesque. La preuve, c'est que, comme nous le montrerons plus loin, il y a des versions dans lesquelles la déconvenue finale n'existe pas. Ce sont des coutumes et des idées primitives qui en ont fourni le thème essentiel.

Pour les dégager, remarquons d'abord, que, des cinq versions ci-dessus reproduites, celle qui a le mieux conservé le sens originel du conte, c'est incontestablement l'avant-dernière D. Elle est la plus voisine de l'idée originale et, en ce sens, la plus ancienne. Cela se voit d'abord aux invraisemblances énormes qu'elle contient : les bœufs qui mangent les cochons, les cochons et les bœufs qui entrent sans difficulté dans le sac et sont ainsi emportés par le mendiant. D'autre part, le sac, où est enfermée la fille, qui se retrouve dans toutes les versions et qui, par suite est un trait de l'orignal, intervient dans les autres versions de la façon la plus inattendue, sans que rien de ce qui précède l'ait annoncé. Ici, au

contraire, le sac apparaît dès le début; il est, en quelque sorte, le principal personnage du récit. Enfin la version D contient, presque sans altération, l'application de la coutume primitive que nous croyons y retrouver.

On voit par là, trait surprenant, que la version saintongeaise est *plus archaïque* que la version Kabyle elle-même. On peut remarquer aussi que dans cette dernière celui qui invoque la vieille coutume et en bénéficie est purement et simplement un imposteur. Il n'y a rien de merveilleux dans son affaire. Il n'y a que de la fourberie.

I

Il s'agit d'une coutume fort simple que l'on trouve partout à l'origine des sociétés. Lorsque l'homme primitif est attaqué ou lésé, dans son corps ou dans les choses et les êtres qu'il considère comme siens, par une action réflexe et naturelle, il se retourne contre l'être ou la chose dont procède le mal, pour les léser ou les détruire à son tour. C'est ce que l'enfant fait encore sous nos yeux. La conscience publique reconnaît alors la légitimité de ce retour offensif et la coutume en fait un droit[1]. La seule limitation qu'elle imposa souvent à la vengeance privée, ainsi conçue, fut la règle du talion, si nettement écrite dans la loi mosaïque, et qui fut certainement au début un adoucissement et une restriction des représailles. Tout naturellement aussi, lorsque quelque obstacle s'interposait entre la personne lésée et l'être ou l'objet qui l'avait lésée, empêchant la première de s'en prendre au second, la coutume admit que cet obstacle devait être levé. Cela se présentait lorsque l'être malfaisant était un fils de famille ou un esclave, placés sous la puissance d'un père ou d'un maître, ou encore un animal ou un objet inanimé appartenant à autrui. La conception ancienne ne faisait aucune différence entre ces divers cas. La réaction violente contre l'objet malfaisant, intelligent ou non, animé ou inanimé, paraissait toujours également naturelle et légitime. L'homme atteint ou lésé pouvait s'adresser au père, au maître, au propriétaire et leur demander la livraison de l'être ou de la chose. Ce ne se fit point d'abord comme une réparation, par substitution d'une valeur économique égale à celle qui avait été détruite; c'était afin que la personne lésée pût à volonté exercer son ressentiment sur l'être ou sur la chose qui lui avait fait mal.

1. Cfr. Girard, *Des actions noxales*, p. 48 et s.

Cette conception et ce droit sont encore écrits dans certaines lois anciennes, qui en ont conservé des survivances, en les adaptant à un milieu et à un temps où la justice publique est déjà née et administrée. Ainsi, d'après la loi mosaïque, le bœuf qui a tué un homme doit toujours être mis à mort ; parfois son propriétaire est également punissable, lorsqu'il savait l'animal vicieux et ne l'avait pas surveillé ; mais le bœuf homicide est toujours lapidé[1]. De même, dans les Lois de Platon, il était dit que, si un homme était tué par un animal, ses proches devaient faire juger la bête par un certain nombre d'agoranomes qu'ils choisiraient, et qu'après la condamnation ils la tueraient et la jetteraient hors des frontières du pays[2]. L'objet inanimé qui, par sa chute, avait causé la mort ou des blessures, était, chez les Grecs, traité de la même manière, et Démosthène nous apprend qu'il y avait à Athènes un tribunal spécial pour juger ces objets[3]. La raison, qui

1. *Exode* (Vulgate), XXI, 28 : « Si bos cornu percusserit virum aut mulierem et mortui fuerint, lapidibus obruetur, et non comedentur cornes ejus : *dominus quoque bovis innocens erit.* 29. Quod si bos cornupeta fuerit ab heri et nudiustertius et contestati fuerint dominum ejus nec recluserit occiderit que virum aut mulierem, *bos lapidibus obruetur et dominum ejus occident.* »

2. Platon, *Leges*, L. XII, 936, éd. Didot, t. II, p. 478.

3. *In Aristocratem*, c. 18.

explique la coutume persistante de pareils procès, paraît être dans l'obligation morale, qui incombait aux proches d'un homme tué, de venger sa mort ou, du moins, de faire pour cela tout ce qui était en leur pouvoir, C'est peut-être aussi cette idée grossière de vengeance qui inspire les procès faits aux animaux, si communs au Moyen Âge. Dans ces diverses applications, la pensée première s'est conservée : le but est toujours de frapper d'un mal l'être malfaisant ou l'objet nuisible.

Mais cette vieille coutume prit souvent un autre sens, visa un autre but, qui, d'abord, s'adjoignit au premier, sans l'exclure. Toutes les fois, au moins, que le dommage n'avait pas entraîné mort d'homme, la livraison de l'être ou de l'objet malfaisant était poursuivie par la personne lésée elle-même. Celle-ci, dans l'être ou l'objet qui lui était livré et qui avait une valeur économique, si elle voulait le conserver au lieu de le détruire, trouvait une compensation à la perte économique qu'elle avait éprouvée. L'idée de réparation se confondait ainsi avec celle de représailles. Elle devait surtout apparaître lorsque le mal subi par le poursuivant l'avait atteint, non dans son corps, mais seulement dans ses biens. L'un des exemples les plus fréquents, dans la vie pastorale ou agricole des temps anciens, est le cas où le chef de famille voit un de ses animaux tué ou blessé par l'animal ou l'esclave d'un voisin. La coutume, qui donne le droit d'obtenir cet animal ou cet esclave (et qui ne lui ordonne plus de les tuer comme lorsqu'ils ont causé mort d'homme), lui permet, en les gardant, de rétablir l'équilibre compromis de son patrimoine ; la chose destructrice y remplace la chose détruite[1]. Il y a là comme un échange forcé, qui se traduit souvent par cette règle que, si le propriétaire de l'animal malfaisant est obligé de livrer sa bête, il a le droit de réclamer l'animal que celle-ci a tué ou blessé. On le conçoit, c'est là une réparation indirecte, inadéquate et accidentelle. Elle n'existe pas lorsque l'animal malfaisant est

1. Selon Post (*Die Grundlagen des Rechts und Grundzüge seiner Entwickelungsgeschichte*, p. 355 et s.), cette idée de compensation se trouverait, à l'origine dans toutes les représailles à raison d'un mal causé. Celles-ci auraient lieu, en effet, non d'individu à individu, mais de famille à famille. Alors même que les représailles auraient seulement pour objet une destruction, un meurtre ou une blessure, elles auraient pour but de rétablir l'équilibre des forces entre la famille de l'offenseur et celle de l'offensé ; elles affaibliraient la première dans la mesure où la seconde aurait été affaiblie par le dommage causé. Mais le mot *compensation* est alors pris dans un sens particulier.

dangereux et sans valeur[1] ; au contraire, si rani-mai tué ou l'objet détruit avait peu de valeur, et que l'animal ou l'objet destruc teur fût précieux, la réparation dépasse de beaucoup le dommage ; il y a non pas réparation, mais enrichissement.

Un pas de plus est fait lorsque, l'idée de réparation prenant le dessus, on compare la valeur de ce que le propriétaire a perdu par le dommage causé et la valeur de ce qu'il obtient par son action. La loi mosaïque entre dans cet ordre d'idées lorsqu'il s'agit d'un bœuf qui en a tué un autre. Les deux propriétaires doivent vendre le bœuf qui survit et s'en partager le prix ; ils se partageront aussi la chair du bœuf mort[2]. Par cette cote mal taillée, on évite un enrichissement ou un appauvrissement exagéré. La vieille loi de Gortyne use d'un expédient analogue, quand il s'agit d'un bœuf qui a estropié un autre bœuf. Le propriétaire « a le

1. C'était le cas, par exemple, pour le chien qui avait mordu un homme et que la loi de Solon ordonnait de livrer ; Plutarque, *Solon*, c. 24. Le chien manifestement était livré pour être mis à mort. C'est pour cela, sans doute, que M. Beauchet, *Histoire du droit privé de la République athénienne*, t. IV, p. 392, dit que cette loi de Solon veut « que le chien qui a mordu quelqu'un soit livré à la personne mordue, attaché à un billot de quatre coudées de long ». Mais vikoToi veut dire collier, carcan et non billot. Le chien doit être livré avec un carcan de trois coudées pour que celui qui l'emmène ne soit pas en danger d'être mordu par lui.

2. *Exode*, XXI, 35.

droit, s'il le veut, de donner sa bête et de prendre celle de l'adversaire. S'il ne consent pas à cet échange, l'adversaire paiera la valeur simple[1] ». La loi romaine, plus simple, dans ses actions noxales exercées à raison des dommages causés par les fils de famille, les esclaves et les animaux, donnait au plaideur le seul droit de réclamer l'abandon de l'être malfaisant[2] ; mais elle permettait au père, maître ou propriétaire, d'éviter cette livraison en payant l'estimation du dommage causé[3].

Le conte populaire que j'étudie, et auquel je puis revenir maintenant, reflète ce vieux droit, non encore altéré par les dernières modifications que j'ai décrites. La seule satisfaction que réclame le

1. R. Dareste, Haussoullier et Th. Reinach, *Recueil des inscriptions juridiques grecques*, p. 393. Au contraire, à la fin du même paragraphe, il semble que, dans un autre cas, le droit primitif se soit mieux conservé : « Si un porc a estropié ou tué une bèto a pied corné, le porc appartiendra au propriétaire de la bète, et le… » Mais la fin de la phrase manque.

2. Girard, *Les actions noxales*, p. 55.

3. Domat, *Les lois civiles* (liv. II, tit. 8, sect. 2, n° 12), indique encore l'abandon noxal comme possible dans ce seul cas de dommage causé par les animaux. « Si deux béliers ou deux bœufs appartenant à deux maîtres viennent à s'entrechoquer et que l'un tue l'autre, le maître du bœuf ou bélier qui aura le premier frappé, sera tenu d'abandonner la bète qui aura causé le dommage ou de dédommager ». Il semble qu'alors l'idée d'une responsabilité de l'animal subsiste encore. Dans les autres cas qu'il prévoit à la même section, Domat ne parle pas de l'abandon noxal.

vieux Tripet, c'est qu'on lui donne les animaux ou la petite fille. Les faits étant constants, les gens de la maison ne songent point à les lui refuser : « Ils étaient obligés de les lui donner », dit à chaque fois le conte, fidèle écho de la coutume primitive. Ce qui montre bien qu'en droit ce sacrifice apparaissait comme inévitable, c'est le subterfuge que prennent les parents pour éviter de livrer leur enfant.

La version kabyle présente également la demande du chacal comme une prétention incontestable et à laquelle il est fait droit aussitôt. Le chacal refuse même un animal égal à celui qu'il a perdu ; c'est l'être même, auteur du dommage qu'il veut avoir.

Les autres versions ont profondément transformé ce thème, pour l'adapter au milieu ambiant. Dans B, Turlendu réclame bien l'animal ou la chambrière ; c'est là sa prétention directe. Mais il n'invoque pas clairement un droit ; c'est par la menace qu'il obtient ce qu'il demande[1].

Sans doute, à l'aurore des sociétés, alors qu'il n'y avait même pas de coutume, la réclamation de la partie lésée a dû souvent se produire ainsi. Mais ce n'est point cet état premier que

1. La coutume attestée par D, parait si étrange que j'ai entendu souvent des personnes, racontant ce conte, mettre des menaces dans la bouche du vieux Tripet, pour rendre vraisemblable l'abandon qui lui est consenti. C'est par une adaptation de ce genre que la version B s'est formée.

veut traduire la version B. Elle veut se conformer aux idées devenues courantes ; elle adapte au droit nouveau l'ancienne coutume oubliée. Ce qu'elle montre, ce n'est plus l'exacte application du droit : c'est violence d'un côté et faiblesse de l'autre. D'ailleurs le conte B, comme l'indique clairement la fin, a pris pour thème principal l'exposé des enrichissements successifs et extraordinaires de Turlendu, afin de leur opposer sa déconvenue finale.

Avec deux autres versions A et C, on est. encore plus loin de l'original. Ce que réclament Vadoyer et Berlicoquat, c'est simplement la restitution d'un dépôt, et, à défaut, des dommages-intérêts. Leur première pensée (bien naturelle chez des civilisés) est de s'adresser à la justice pour les obtenir. C est le dépositaire qui, spontanément et pour éviter tout procès, leur abandonne l'animal ou la fille, par une transaction bien singulière en ce qui concerne cette dernière, mais à laquelle l'auditeur ne fait pas d'objection, parce qu'il s'agit d'un conte.

II

La version D, on vient de le voir, a conservé intacte la logique du vieux droit. Elle a d'ailleurs encore reproduit celui-ci par une autre de ses règles, qui fait corps avec la première dans la trame du récit, et qui se retrouve aussi dans les législations antiques. En dehors du dommage causé par des animaux domestiques au détriment d'une personne quelconque, ouvrant l'action noxale contre leur propriétaire, figure souvent l'hypothèse dans laquelle une personne a reçu en garde l'animal d'autrui, et où celui-ci est tué ou estropié chez elle, de telle sorte qu'elle ne peut le restituer sain et sauf. Fréquemment l'accident aura été causé par un autre animal appartenant au dépositaire, ou par quelqu'un de ses gens, esclave ou enfant. Alors, en fait, cette seconde hypothèse se ramène à la première. En droit, elles se confondent aussi, en un certain sens, dans les anciennes coutumes ; car celles-ci envisagent ordinairement comme un délit la non-restitution du dépôt. Cependant les deux hypothèses sont parfois distinguées dans les textes anciens. Cela se voit d'abord dans la loi mosaïque[1]. Il y a certaines excuses qui peuvent être invoquées par le dépositaire, et alors il se disculpera généralement par son serment[2]; certaines de ces excuses rappellent nettement la vie dans le désert[3]. Dans la loi de Gortyne, la seconde hypothèse est aussi distinguée de la première[4].

Dans le conte D, comme dans les autres versions, le point de départ des épisodes successifs, est bien un dépôt offert et accepté. La responsabilité résultant du fait des animaux paraît cependant la mème que si leur propriétaire n'avait point consenti de contrat. Mais il faut remarquer que les maîtres des diverses maisons où passe successivement le vieux Tripet ne veulent point tout d'abord accepter le dépôt ;

1. *Exode*, XXI, 35-36 (action noxale simple); XXII, 7-15 (dépôt d'animaux).

2. *Exode*, XXI, 10: «Si quis commendaverit proximo suo asinum, bovem et omne jumentum ad custodiam et mortuum fuerit aut debilitatum, *aut captum ab hostibus*, nullus que hoc viderit, (11) juramentum erit in medio quod non extenderit manum ad rem proximi sui; suscipiet juramentum dominus, et ille reddere non cogetur».

3. *Exode*, XXII, 13: «Si comestum a bestia, deferat ad eum quod occisum est et non restituet».

4. Dareste, Haussoullier et Th. Reinach, *op. cit.*, p. 393-395, second Code de Gortyne; aux colonnes 1 et 11, §§ 1 et 2, il est traité de l'action noxale simple; colonne Ill, § 3, des bêtes d'autrui reçues en vertu d'un contrat.

ils refusent de « loger son sac », redoutant une responsabilité dont ils ne peuvent mesuser la portée. Il y a là aussi, sans doute, la crainte de quelque sortilège. Les sacs merveilleux ne sont point rares dans les contes et celui-là est bien près d'avoir ce caractère. Remarquons aussi que, dans D, c'est au maître de la maison (et subsidiairement à la maîtresse) que s'adresse le vieux Tripet ; et cela est correct, car seul, le chef peut engager la famille. Dans A, et C, le contrat est passé entre le déposant et la maîtresse de maison seulement.

La version D contient encore un trait curieux de la conception et de la morale primitives. C'est la substitution du petit chien à la petite fille. Les substitutions de ce genre sont communes dans les contes populaires et dans les légendes. C'est le moyen ordinaire pour tempérer un arrêt trop sévère ou une fatalité trop rigoureuse[1] Cela se produit dans le commerce avec les dieux et dans le commerce avec les hommes. Parfois ce sont les dieux qui en prennent l'initiative, comme lorsqu'Artémis substitue une biche à Iphigénie et Jéhovah un bélier à Isaac. Parfois même la substitution, au lieu d'être une solution accidentelle,

1. Tylor, *La civilisation primitive*, trad. Barbier, 1. II, p. 513 et s.

devient une règle permanente, qu'admet la conscience adoucie de l'humanité. C'est par ce moyen que le plus souvent les sacrifices humains ont disparu, et l'on connaît la curieuse disposition de la loi de Numa, d'après laquelle, en cas de meurtre involontaire, le meurtrier n'était tenu que d'offrir aux agnats de la personne tuée par lui un bélier, qui le remplaçait comme victime expiatoire[1]. Ces substitutions ont ainsi passé du rituel religieux dans la loi ; et là, on ne tarde pas à en perdre le premier sens et à les expliquer par le symbolisme. C'est ainsi que selon M. Voigt[2] la loi de Numa s'expliquerait par une pensée profonde : la criminalité et la souillure du meurtrier passeraient sur le bélier, qui les portera, comme le bélier symbolique était chargé des péchés d'Israël[3].

Mais la procédure et la morale primitives connaissent aussi et admettent des substitutions qui ne sont que des supercheries. L'homme primitif n'a aucun scrupule à duper les dieux ou

1. Girard, *Textes de droit romain*, 2e édit., p. 8, n° 13.

2. Voigt, *Ueber die Leges regiæ*, § 11.

3. *Deuteronome*, V, 7-8 : « Confitebuntur peccatum suum et reddent ipsum caputquintamque partem desuper ei in quain peccaverint. Sin autem non fuerit qui recipiat dabunt Domino et erit sacerdotis, excepto ariete, qui offertur pro expiatione, ut sit placabilis hostia ».

à tromper les hommes, lorsqu'il peut le faire impunément, en mettant de son côté le bon droit, qui consiste alors tout entier en cérémonies et en formules. On connaît cet aïeul d'Ulysse qui possédait un don admirable ; il avait l'art de voler et de tromper les hommes par le serment ; c'était un dieu qui le lui avait donné[1]. Le moyen le plus simple pour triompher ainsi, le cœur léger, c'est tout bonnement le calembour[2], accompagné souvent de l'escamotage. L'homme est en règle avec sa conscience et avec le droit, lorsqu'il peut affirmer sans mentir qu'il a donné ce qu'il avait promis. Or, pour savoir ce qu'il avait promis, il faut uniquement se reporter aux termes, aux mots, dans lesquels la promesse a été formulée. Si le mot qui désigne l'objet promis comporte un double sens, l'un désignant une prestation sérieuse et utile (celle qu'attend la partie adverse), l'autre s'appliquant à une prestation vaine, désignant un objet sans valeur, et que le promettant, par quelque subterfuge, s'arrange de façon à ne livrer que ce dernier objet, cela suffit pour qu'il tienne sa promesse.

1. Voyez mes *Mélanges d'histoire du droit et de critique*, p. 241.

2. Esmein, *Les ordalies dans lÉglise gallicane au IXe siècle*, p. 18, 19.

Il est libéré ; il est quitte envers l'autre partie, homme ou dieu[1].

C'est sûrement un procédé de ce genre qu'on entrevoit dans le conte D, afin de justifier la substitution du chien à la petite fille. Il ne figure point, il est vrai, dans le texte actuel ; mais il ne faut pas oublier que celui-ci a pour prototype une version en patois saintongeais. Or, dans ce patois, comme dans quelques autres, le mot *quenaille* désigne un petit enfant[2]. D'autre part ce mot, identique à *chiennale*, *canaille*, désigne aussi un petit chien, un mauvais chien, dans beaucoup

1. Voyez par exemple, Macrobe. *Saturn.*, I, C. 7 : « Cumque diu humanis capitibus Ditem et viorum victimis Saturnum placare se crederent propter oraculum, quo erat :

Καὶ κεφαλὰς Ἅδῃ καὶ τῷ πατρὶ πέμπετε φῶτα.

Herculem ferunt... suasisse illorum posteris ut faustis sacrificiis infausta mutarent, inferentes Diti non homines sed oscilla ad humanam effigiem arte simulata, et aras Saturnias non mactando viros sed accensis tuminibus excolentes : quia non solum hominem sed et lumina significat.

2. Burgaud des Marets, *Recueil de fables et contes en patois saintongeais* avec la traduction en regard, 3e édit., Paris, Didot, 1859.
P. 58 (*Le Henar et la Cigougne*) :
« Qu'é qu'o sart d'elte r'nar pr'elte pincé keume in *knaye* ? »
P. 76 (*Le Renar et les guilans*) :
« Ne fazit-i pas niieu que d'brayé *keume in knaye*,
« Quand o li prent in eveurdin ? »
Burgaud des Marets transcrit le mot : *Knaye*, pour mieux figurer la prononciation ; mais la forme vraie est *quenaille*.

de dialectes de la langue d'oyl, et spécialement en saintongeais[1]. Ceci posé, il me paraît très vraisemblable, presque certain, que, dans la version originale et complète, lorsque les parents de la petite fille la remplaçaient subrepticement par le petit chien noir, ils demandaient au vieux Tripet

1. Voyez les dictionnaires de Godefroy et de Lacurne de Sainte-Palaye, Regnier emploie plusieurs fois ce terme dans ses satires.
Sat. X, v. 195 :
 « Les puces et les poux et telle autre *quenaille* ».
Sat. XI, v. 301 :
 « Tout de bon le guet vint. La quenaille fait Gille ».
Sat. XI, v. 332 :
 « On ouvre, et brusquement entre cette quenaille »
Sur le premier vers, voici la note que contient (p. 157), l'édition de Londres 1730 (Lyon et Woodman) : « *quenaille* paraît une prononciation picarde. On dit aussi *quenaille* dans l'Angoumois, comme le marquent les vers que cite Balzac, p. 635 du tome II de ses œuvres in-f°. On a mis *Canaille* dans l'édition de 1642 et les suivantes ». Balzac (*Œuvres*, édit. Paris 1695, p. 635) donne les vers en question, comme ayant été composés par un de ses amis et voisin de campagne sur un boulanger du pays, qui jouait ordinairement la comédie à la fète patronale. On lui fit entendre à Angoulème une troupe de comédiens de passage « qui étoit alors la meilleure compagnie de France ». Mais il ne les goûta point, trouvant qu'ils ne parlaient pas assez fort et qu'ils « ne levoient pas les jambes assez haut dans les desmarches qu'ils faisoient sur le théâtre.
 « Mordi, dit-il, *de la quenaille* !
 « I ne san rein faire qui vaille.
 « I fasan les pas trop petits ».
« Vous avez, ajoute l'auteur, assez longtemps demeuré à Balzac pour comprendre le dialecte des trois derniers vers ». Ils sont en effet en patois angoumoisin.

son sac en lui disant : « Donnez votre sac, nous allons mettre dedans la *quenaille* », prenant en apparence le mot dans le sens de petit enfant. Puis ils le lui rendaient et disaient : « La *quenaille* est dedans, vous pouvez l'emporter », prenant ce mot dans le sens de petit chien. En donnant celui-ci, grâce au double sens, ils s'acquittaient littéralement de leur promesse.

Ce qui permet encore d'appuyer cette hypothèse, c'est que nous trouvons, dans l'antiquité grecque, une plaisanterie parallèle, qui remonte sans doute à quelque conte populaire analogue au nôtre. C'est la scène des Acharniens d'Aristophane (v. 729 et s.), où l'homme de Mégare, pressé par la famine, vient vendre à Athènes ses deux petites filles. Il veut les faire passer pour deux petits cochons. Il les affuble, à cet effet, de têtes et de peaux de cochons, et il les met, ainsi préparées, toutes deux dans un sac. Il ne veut point mentir cependant à l'achetcur en lui affirmant que ce sont là deux petits porcs, et il se tire d'affaire en employant pour les désigner le mot yûpoç qui désigne à la fois un jeune porc et la nature féminine[1]. On voit d'ici quelles grasses plaisanteries, longuement renouvelées,

1. *Scholia grxca in Aristophanem*, éd. Didot, p. 78. — V. 773. — V. 781. — V. 792.

Aristophane tire de ce double sens. Mais ce qui nous intéresse, c'est le procédé, exactement le même que celui que je restitue dans le conte D. J'ajoute que, de part et d'autre, il est question d'une petite fille emportée dans un sac, et, de certains autres indices, on peut induire qu'un thème, où figuraient ces deux éléments, était autrefois largement répandu dans la littérature des contes populaires[1].

Dans les versions A, B et C, la substitution du chien à la petite fille se fait sans aucune explication. Cependant, je remarque cette particularité dans A et C, que la femme, chez qui la petite fille est apportée dans le sac et qui la délivre en la remplaçant par le chien, est présentée comme étant sa marraine. Cela viendrait-il de ce que, dans l'original, on opérait la délivrance en donnant au chien le nom de petite fille, en *le baptisant petite fille*, comme dit la langue populaire ? Cette liaison d'idées, en se déformant, aurait-elle

1. Rabelais, Pantagruel, liv. 11, ch. 15 (éd. Hathery et Burgaud des Marets, t. II, p. 308) : « A ce matin, j'ay trouvé un bon homme qui, en un bissac, comme celui d'Esopet, portoit deux petites filles de i'aage de deux ou trois ans au plus; l'une devant, l'autre derrière. » Jn trouve aussi des filles enfermées dans un sac dans un des contes de Dasent, *Popular lales frorn the Norse*, 3e édit., p. 17 et s. ; c'est le conte de *The old dame and her lien*. Mais le thème est tout différent du nôtre.

donné cette marraine, dont rien n'explique la présence ? J'hésite à introduire cette hypothèse, tant ici le fil conducteur devient ténu. Peut-être la marraine figure-t-elle simplement en vertu de cette poétique particulière aux contes, qui fait de la marraine la protectrice naturelle de sa filleule, et souvent, en même temps, une protectrice surnaturelle.

J'ai dit plus haut que le subterfuge et la déconvenue qui terminent le conte sont une addition au thème primitif. Elle a été introduite sans doute par cette tendance qu'a l'esprit populaire à terminer un récit par un épisode amusant. Mais c'est aussi la protestation d'une morale plus civilisée contre l'effet injuste et cruel d'une vieille coutume. Dans la version kabyle, c'est littéralement un épisode qui revient dans cette littérature sous les formes les plus variées : le trompeur trompé à son tour.

Mais on trouve des versions dans lesquelles cet épisode final n'existe pas et où le succès, procuré par la coutume se poursuit jusqu'au bout. Le *Recueil* de contes populaires kabyles, auquel j'ai emprunté la version E, en fournit un premier exemple[1].

1. J. Rivière, *Recueil* cité, p. 95.

L'enfant

Un enfant avait une épine dans le pied. Il alla vers une vieille femme et lui dit : « Tire-moi cette épine ». La vieille tira l'épine et la jeta. « Donne-moi mon épine ». Et il se mit à pleurer. « Prends un œuf ». Il alla chez une autre vieille femme : « Cache-moi mon œuf... » — « Dépose-le dans le nid de la poule ». Durant la nuit, il prit son œuf, et le mangea. Le lendemain, il dit à la vieille : « Donne-moi mon œuf ». — « Prends la poule », répondit-elle. Il alla chez une autre vieille : « Cache-moi ma poule ». — « Dépose-la sur le piquet où on attache le bouc ». Durant la nuit, il emporta la poule. Le lendemain matin, il

demanda sa poule : « Cherche-la où tu l'as cachée ». — « Donnez-moi ma poule ». — « Emmène le bouc ». Il alla chez une autre vieille : « O vieille mère, cache-moi ce bouc ». — « Attache-le à la crèche du mouton ». Durant la nuit, il emmena le bouc. Le lendemain matin, il réclama son bouc : « Emmène le mouton ». Il alla chez une autre vieille : « O vieille, garde-moi mon mouton ». — « Attache-le au pied du veau ». Durant la nuit, il emmena le mouton. Le lendemain matin, il demanda son mouton : « Emmène le veau ». Il alla chez une autre vieille : « Garde-moi ce veau ». — « Attache-le à la crèche de la vache ». Durant la nuit, il emmena le veau. Le lendemain matin, il demanda son veau : « Prends la vache ». Il alla chez une autre vieille : « Garde-moi ma vache ». — « Attache-la au pied du lit de la vieille[1] ». Durant la nuit, il emmena la vache. Le lendemain matin, il demanda sa vache : « Prends la vieille ». Il alla chez une autre femme, et y laissa sa vieille, qu'il tua durant la nuit. Le lendemain matin, il demanda sa vieille : « La voilà vers la

1. L'épisode de cette *vieille* me paraît être une addition au thème premier. Il ne va pas bien en lui-même. C'est sans doute une autre femme qui indique le lit de la *vieille* ; car autrement ce serait celle-ci qui se donnerait elle-même : « prends la vieille ». Cela n'est pas clair.

jeune fille ». Il la trouva morte. « Donnez-moi ma vieille ». – « Prends la jeune fille ». Il lui dit : « De l'épine à l'œuf, de l'œuf à la poule, de la poule au bouc, du bouc au mouton, du mouton à la vache, de la vache à la vieille, de la vieille à la jeune fille, viens danser avec moi ».

C'est le même conte que la version E, sauf que le chacal est devenu un enfant, sans doute en vue du dénouement : « Viens danser avec moi ». C'est d'ailleurs un jeune brigand des plus délurés. Malgré cela, tout lui réussit et jusqu'au bout.

Voici un autre échantillon du même type, qui ne laisse rien à désirer comme netteté. C'est un des contes que les nègres des États-Unis contaient, au temps de l'esclavage, dans les longues soirées d'hiver. Leurs ancêtres l'avaient sans doute apporté de leur Afrique natale, lorsque la traite les en avait arrachés. M. Daset

l'a publié dans ses *Contes populaires traduits du Norsque*[1]. Il le tenait d'une nourrice nègre habitant chez sa sœur[2]. Il l'a reproduit tel que je vais le traduire : « Peur le t'ni d'ine vieye noère », comme dit Burgaud des Marets :

L'Épi de Blé et les douze Hommes[3]

« Ananzi dit au roi que, s'il voulait lui donner un épi de blé, il lui amènerait douze hommes forts. Le roi lui donna l'épi de blé et il s'en fut. À la fin il arriva à une maison où il demanda le logement pour la nuit, qui lui fut donné. Le lendemain matin il se leva de très bonne heure et, de la porte, jeta l'épi de blé aux poules, puis se remit au lit. Lorsqu'il se leva au matin, il chercha son épi de blé et ne

1. George Webb Dasent, *Ponular tales from the Norse*, 3e édition, 1888, p. 149.

2. *Recueil de fables et contes en patois saintongeais*, Paris, Didot, 1859. p. 88.

3. M. Dasent note : ce conte est incomplet au commencement.

put le trouver nulle part. Il dit alors à ces gens, qu'il était sûr que les poules l'avaient mangé et ne se déclara satisfait que s'ils lui donnaient le meilleur coq qu'ils avaient. Ils étaient obligés de lui donner le coq et il s'en fut avec lui, toute la journée jusqu'à la nuit, qu'il arriva à une autre maison et demanda de nouveau le logement pour la nuit, qu'il obtint. Mais lorsqu'on voulut mettre le coq dans le poulailler, il dit que non, que le coq devait coucher dans le parc avec les moutons, de sorte qu'ils mirent le coq avec les moutons. À minuit, il se leva, tua le coq, le rejeta dans le parc, puis se remit au lit. Le lendemain matin, quand il fut temps pour lui de partir, son coq était mort et il ne voulut rien accepter à la place si ce n'est un des meilleurs moutons ; alors ils le lui donnèrent et il s'en fut avec lui toute la journée jusqu'à la tombée de la nuit, qu'il arriva à un village où il demanda encore le logement pour la nuit, qui lui fut donné. Mais quand ils voulurent mettre son mouton avec les autres moutons, il dit que non et que son mouton devait coucher avec les bœufs. Ils mirent donc le

mouton avec les bœufs et les vaches. Au milieu de la nuit, il se leva, tua le mouton, puis se remit au lit. Le lendemain matin il vint chercher son mouton qui était mort ; alors il leur dit qu'ils devaient lui donner leur meilleure génisse pour son mouton, et que s'ils ne voulaient pas, il retournerait auprès du Roi, qui viendrait leur faire la guerre. Alors, pour se débarrasser de lui, ils furent bien contents de lui donner leur génisse et de le laisser aller ; et il s'en fut et marcha presque toute la journée avec sa génisse. Vers le soir, il rencontra un convoi funèbre et demanda de qui c'étaient les funérailles. Un d'eux dit que c'était sa sœur ; alors il (Ananzi) demanda à ces hommes de lui permettre de la prendre ; ils dirent que non. Mais il les pressa si fort, disant qu'il leur donnerait la génisse, qu'ils finirent par consentir, et il prit le cadavre et s'en fut, le portant, jusqu'à ce qu'il fît noir, quand il arriva à une grande ville, et là il fut à une maison, où il demanda le logement pour une nuit, pour lui et pour sa sœur, qui était si lasse qu'il était obligé de la porter ; ils seraient reconnaissants si on les laissait reposer cette nuit. Alors on les fit entrer, et il demanda à ces gens qu'on les laissât dans l'obscurité, parce que sa sœur ne pouvait pas supporter la lumière. Alors on les conduisit à une chambre et on les y laissa dans l'obscurité, et lorsqu'ils furent seuls il s'assit sur un banc près de la table et plaça sa sœur tout près, à côté de lui, avec son bras autour de sa taille pour la maintenir. Présentement on leur apporte à souper ; il mit une assiette devant sa sœur, dont il mit la main à l'assiette et prit l'autre assiette pour lui, mais il mangeait de l'une et de l'autre. Lorsqu'il fut l'heure de se mettre au lit, il demanda s'ils voudraient permettre à sa sœur de dormir dans une chambre où dormaient douze hommes forts, car elle était sujette à des attaques, et, si elle en avait une dans la nuit, ils pourraient la tenir et cela ne troublerait pas le reste de la maison. Alors ils y consentirent et il la porta dans ses bras, disant qu'elle était si fatiguée qu'elle s'était endormie, et il la mit dans un lit ; il commanda aux hommes de ne pas la déranger et alla lui-même, dormir dans une chambre voisine. Au milieu de la nuit, il entendit les hommes qui appelaient, car ils sentaient une horrible odeur, et qui essayaient de réveiller la femme ; d'abord un homme lui donna un coup, puis un autre, jusqu'à ce que tous l'eurent frappée. Mais Ananzi ne s'inquiéta aucunement du bruit ; le matin, lorsqu'il alla chercher sa sœur et qu'il la trouva morte, il déclara qu'ils l'avaient tuée et qu'il devait avoir les douze hommes. À ceci les hommes de la ville dirent non, ne supposant pas que tous l'avaient tuée, mais les hommes avouèrent qu'ils lui avaient donné un coup chacun ; alors il ne se déclara satisfait que si on lui donnait les douze hommes et il les emmena chez le roi et les lui livra ».

Il y a là sans doute certains éléments nouveaux : d'autres principes, se rattachant à la *composition* en matière de délits et à la vengeance privée, sont mêlés à celui de l'abandon noxal ; certains détails rappellent une aventure des Mille et une Nuits. Mais ce conte, recueilli chez les Yankees et venu du fond de l'Afrique, n'en est pas moins le frère jumeau, ou plutôt le frère aîné, du conte charentais : l'air de famille n'est pas méconnaissable.

Les neuf frères

Un homme et une femme assez aisés, qui demeuraient près d'une grande forêt, avaient neuf fils, mais ils n'avaient point de fille. Ils en désiraient ardemment une et leurs fils désiraient aussi ardemment une sœur. Enfin il leur en vint une, belle comme le jour. Mais lorsqu'elle fut née, ses neuf frères, dont le plus jeune avait déjà quinze ans, dirent à leurs parents : « Nous avons maintenant la sœur que nous désirions tant et qui est belle comme le jour ; mais, comme votre fortune n'est pas très grande, nous voulons qu'elle soit tout entière à elle seule. Nous allons partir, traverser la grande forêt et chercher fortune par le monde ». Rien ne put les retenir et ils partirent.

La petite grandit, auprès de ses parents, aussi bonne que belle. Mais quand elle fut grande, elle dit à ses parents : « Les autres enfants ont des frères ou des sœurs. Moi je suis toute seule avec vous ; je n'ai donc ni frères ni sœurs ». — « Si, lui dit sa mère, tu as neuf frères ». — « Mais, je ne les ai jamais vus. » — « C'est qu'à ta naissance ils sont partis. Ils n'ont pas voulu que nos biens fussent partagés entre vous, et pour qu'ils reviennent à toi seule, ils sont allés s'établir au-delà de la grande forêt ; on dit qu'ils vivent ensemble dans un château ». — « Oh ! je veux voir mes frères, si généreux pour moi. Laissez-moi partir pour les chercher ; je les trouverai sûrement et les ramènerai ». Ses parents ne voulaient point la laisser partir ; mais elle les supplia tant qu'ils finirent par la laisser partir. On l'équipa bien, on lui donna des provisions et elle partit.

Elle traversa la grande forêt. Elle couchait près des cabanes de bûcherons, ou dans des fougères sèches. Elle marchait toujours, malgré la fatigue ; mais elle avait tant marché que la semelle de ses souliers était usée et partie. Ses pauvres pieds étaient à nu, saignants et déchirés par les cailloux et par les épines. Elle arriva un soir à une petite maison, près de laquelle une vieille femme gardait ses poules. Quand elle arriva près d'elle, la fille lui dit bien poliment : « Bonjour, ma bonne dame ». – « Bonjour, ma belle enfant, répondit-elle. Vous avez l'air bien fatiguée. Où allez-vous ? » – « Ma bonne dame, je vais au château de mes neuf frères ; mais mes souliers sont usés et n'ont plus de semelle et mes pieds sont en bien mauvais état ». – « Eh bien ! ma belle enfant, vous allez souper et coucher chez moi, et demain matin je vous donnerai quelque chose avec quoi vous pourrez continuer votre chemin ». Elle la fit bien souper et lui donna un bon lit. Le lendemain elle lui donna une paire de souliers de fer et d'acier, qui ne pouvaient pas s'user. La fille la remercia bien et partit.

Elle continua son chemin ; mais ses nouveaux souliers inusables étaient très durs aux pieds, et elle souffrait presque autant qu'auparavant Elle arriva le soir à une petite maison, auprès de laquelle une vieille femme gardait ses *oueilles* (brebis). Quand la fille fut près d'elle, elle lui dit bien poliment : « Bonjour, ma bonne dame ». – « Bonjour, ma belle enfant, répondit-elle, vous avez l'air bien fatiguée. Où allez-vous ? » — « Je vais au château de mes neuf frères ; mais j'ai des souliers de fer d'acier qu'une bonne dame m'a donnés et qui me font grand mal aux pieds ». — « Et bien ! ma belle enfant, vous allez souper et coucher chez moi et demain matin je vous donnerai quelque chose avec quoi vous pourrez continuer votre chemin ». Elle la fit bien souper et la coucha dans un bon lit. Le lendemain matin elle lui donna une petite boîte de poudre : « C'est, dit-elle, de la poudre de *perlimpinpin* ; vous n'aurez qu'à mettre de temps en temps une pincée de cette poudre de *perlimpinpin* dans vos souliers, et ils ne vous feront plus jamais mal ». La fille remercia bien la bonne dame et partit.

Maintenant elle marchait sans peine. Mais elle ne savait pas au juste où se trouvait le château de ses neuf frères et elle marchait à l'aventure. Elle arriva le soir à une petite maison, près de laquelle était une fontaine. Elle avait soif et s'agenouilla près de la fontaine pour boire, puisant de l'eau dans un petit verre qu'elle avait emporté. Quand elle se releva, elle vit près d'elle une vieille femme, qui lui demanda : « Voulez-vous me donner à boire, ma belle enfant ? ». — « Certainement, ma bonne dame », répondit-elle. Elle se pencha de nouveau vers la fontaine, rinça soigneusement son verre, et le tendit plein d'eau ; claire à la vieille femme. « Merci, dit celle-ci. Où allez-vous donc comme cela, ma belle enfant ? » — « Ma bonne dame, je vais au château de mes neuf frères ; mais je ne sais pas bien où il se trouve et je marche devant moi à l'aventure. » — « Eh bien ! vous allez souper et coucher chez moi, et demain matin je vous donnerai quelque chose avec quoi vous pourrez sûrement continuer votre route ». Elle la fit bien souper et la coucha dans un bon lit. Le lendemain matin elle lui donna une petite roulette et lui dit : « Vous n'avez qu'à mettre devant vous cette petite roulette et à lui dire : « Roule, roule, ma petite roulette, jusqu'au Char teau de. mes neuf frères ». Et la roulette roulera ; devant vous, vous montrant le chemin. Vous n'aurez qu'à la suivre : quand elle s'arrêtera, ce sera là ». La fille remercia bien la bonne damé et partit.

Elle mit devant elle la petite roulette et lui dit : « Roule, roule, ma petite roulette, jusqu'au Château de mes neuf frères » et la roulette se mit à rouler. Elle la suivait, répétant de temps en temps ; « Roule, roule, ma petite roulette, jusqu'au Château de mes neuf frères ». Elle marcha longtemps. Em fin, un soir la roulette s'arrêta devant un beau château. La fille monta les marches qui conduisaient à la porte et frappa « toc, toc ». Un beau jeune homme vint lui ouvrir : c'était le plus jeune des neuf frères, qui, pendant que les autres étaient allés à la chasse, était resté pour garder la maison et préparer le repas. « Qui êtes-vous ? lui demanda-t-il. — « Je suis votre sœur ». — « Mais je n'ai pas de sœur ». — « Si, vous en avez une, et vous avez quitté la maison de nos parents, pour lui laisser toute leur fortune. Je suis venue pour vous voir et demeurer avec vous ». Alors il l'embrassa, et la fit entrer dans le château, qui était beau et bien meublé. « Il faut, dit le jeune homme, que nous fassions une surprise à nos frères. Nous allons préparer un beau dîner et mettre sur la table notre plus belle vaisselle : puis tu te cacheras derrière cette tenture, et tu ne paraîtras qu'au dessert, lorsque je frapperai dans mes mains ».

Ainsi fut fait. Lorsque les huit frères rentrèrent de la chasse, ils furent bien étonnés en voyant cette table dressée : « Pourquoi, dirent-ils au jeune homme, as-tu sorti notre plus belle vaisselle ? Attends-tu de la compagnie ? » — « Oui, répondit-il, mais mettons-nous tout de même à table ». Pendant le repas, les autres ne cessaient de l'interroger, mais il éludait leurs questions. Enfin au dessert, il frappa dans ses mains et la belle jeune fille parut : « C'est, dit-il, notre sœur, qui a appris que nous avions quitte la maison de nos parents pour que toute leur fortune lui revînt. Elle a voulu venir nous retrouver. Elle a traversé la grande forêt et bien souffert en chemin ». On devine la suprise et la joie ; tous l'embrassèrent et poussèrent des cris de fête. « Oui, mes frères, dit-elle, je suis venue vous chercher ; nous allons tous revenir chez nos parents et nous vivrons heureux tous ensemble ». – « Non, dirent-ils, notre château est plus beau et plus grand que la maison de nos parents ; nous allons aller les chercher et les ramènerons ici, où nous vivrons tous ensemble ». C'est ce qu'ils firent et ils furent heureux.

Le thème de ce conte est des plus répandus dans la littérature des contes populaires ; mais la version charentaise est une des plus simples et des plus intéressantes. Elle diffère d'abord des autres par le nombre de frères qu'elle met en scène : le chiffre habituel est douze ou sept, et je ne connais pas d'autre variante qui donne celui de neuf.

Dans la plupart des versions, il s'agit des enfants d'un roi et d'une reine : ici nous avons seulement un riche particulier, peut-être un seigneur. Mais il est d'autres récits qui parlent d'un simple particulier et même d'un pauvre homme[1].

Dans la plupart de ces contes, les frères ne quittent, pas seulement la maison paternelle ; ils sont aussi changés en bêtes : corbeaux, cygnes, oies sauvages, canards sauvages, ou pourceaux, soit qu'ils gardent constamment cette forme, soit qu'ils ne la gardent que pendant le jour, reprenant la nuit leur forme humaine. Tantôt cette métamorphose a lieu avant la naissance de leur sœur ou au moment de cette naissance : elle résulte alors d'un vœu des

1. *Kinder und Hausmiirchen*, gesammelt von die Brüder Grimm (Grosse Ausgabe), n° 125, p. 107) « Die sieben Raben (Les sept Corbeaux) ; — James Bruyn Andrews, *Contes ligures*, traditions de la Rivière, recueillis entre Menton et Gênes, p. 302 « Les sept frères ».

parents, qui sacrifient leurs fils pour avoir une fille, ou d'une malédiction de leur part. Tantôt elle n'a lieu que plus tard, après que la sœur a retrouvé ses frères, et résulte alors d'un sortilège, d'un enchantement accidentel. Dans toutes ces variantes la sœur n'accomplit pas seulement l'exploit qui consiste à chercher et à retrouver ses frères ; elle devient de plus leur libératrice, en les délivrant de leur métamorphose, et leur rendant pour toujours la forme humaine. Pour cela elle subit des épreuves merveilleuses, qui consistent généralement en ce qu'elle doit rester sept ans, perchée dans un arbre, sans parler, rire, ni pleurer ; et, pendant ces années elle doit tisser une couverture pour couvrir tous ses frères ou une chemise pour chacun d'eux, avec les matériaux les plus extraordinaires : duvet de chardon, duvet de tourbe, feuilles épineuses, herbes, etc. Sur cette dernière donnée s'accrochent aussi le plus souvent des épisodes qui se retrouvent également dans beaucoup d'autres contes. C'est le jeune roi qui, en chassant, découvre la pauvre fille sur son arbre et, séduit par sa merveilleuse beauté, l'emmène et l'épouse, bien qu'elle soit muette. Puis vient la méchante belle-mère, qui déteste la jeune reine et la perd en dérobant les enfants que celle-ci a mis au monde et en faisant croire qu'elle les a tués ou dévorés ; enfin les frères qui, délivrés par elle, arrivent au moment où elle est attachée au bucher qui va la consumer, ou prête à être jetée dans une cuve pleine de serpents. Ils la délivrent à leur tour et c'est la vieille reine qui subit le supplice qu'elle lui destinait. Tout le monde connaît, par la fin de la *Belle au bois dormant*, le thème de ces dernières péripéties.

Rien de tout cela dans les *Neuf frères* charentais. Point de métamorphoses, ni avant ni après la naissance de la sœur. Celle-ci n'a donc point à délivrer ses frères, mais seulement à les retrouver. Par là même n'avaient aucune place les épisodes de cette délivrance et les incidents qui y sont rattachés ailleurs. Ce qu'il y a de particulièrement notable, c'est le motif qui décide les neuf frères à abandonner leurs parents. Ils partent volontairement, spontanément, par un sentiment de générosité et de sacrifice. L'un des contes recueillis par les frères Grimm les montre bien décidant eux-mêmes cet abandon ; mais ils agissent dans un tout autre esprit. C'est le roi leur père qui a décidé leur mort, pour le cas où lui naîtrait la fille qu'il espère et à laquelle il veut laisser toute sa richesse : « Il était une fois un roi et une reine qui vivaient en paix l'un avec l'autre et qui avaient douze enfants, qui étaient de bruyants garçons. Or le roi dit à sa femme : « Si le treizième enfant que tu mettras au monde est une fille, les douze garçons doivent mourir, pour que sa richesse soit grande et que le royaume revienne à elle seule ». Il fit donc faire douze cercueils qui étaient déjà pleins de copeaux et où se trouvait le petit coussin des morts (*Todtenkisschen*). Il les fit porter dans une chambre fermée à clef, puis il donna la clef à la reine et lui défendit de parler de cela à personne[1] ». Les frères apprennent pourtant la chose par leur mère et décident de partir, si c'est une fille qui naît.

Dans un des contes de la Kabylie recueillis par J. Rivière, les sept frères s'expatrient spontanément ; mais c'est par dépit. Ils ont décidé d'agir ainsi pour le cas où il leur naîtrait un huitième frère. C'est une sœur qui naît, mais leur tante, qui vient leur porter la nouvelle, les trompe (sans doute pour favoriser la fille, leur résolution étant connue) et leur annonce qu'ils ont un

1. Grimm, n° 9, p. 37, *Die Zwölf Bruder* (Les douze frères).

nouveau frère[1]. Mais combien est plus simple et plus noble l'inspiration de l'âme charentaise ! En même temps est écarté un autre épisode qui revient souvent. Dans beaucoup de ces contes, les frères victimes de la naissance de leur sœur, ont juré, comme par forme de représaille, de tuer la première fille qui entrerait chez eux, de sorte que, quand leur sœur les rejoint, il faut trouver moyen de ne point exécuter ce serment. Nos *Neuf frères*, au contraire, n'ont jamais voulu que du bien à leur sœur.

Dans notre récit il n'y a de merveilleux que la rencontre des trois vieilles femmes, évidemment des fées, et les présents qu'elles font à la jeune fille. Nous trouvons ailleurs des données similaires et plus merveilleuses encore. Voici ce qu'on lit dans les *Sept frères* de Grimm : « La jeune fille allait toujours devant elle, loin, loin jusqu'au bout du monde. Là elle arriva chez

1. *Contes populaires de la Kabylie et du Djurdjura* recueillis et traduits par J. Rivière, Paris, Leroux, 1882, p. 45 : *Les Sept frères*. « Ceux-ci firent une prière : O Dieu, donne-nous une sœur. Si tu nous donnes une sœur, nous prendrons un drapeau et nous demeurerons ; mais si tu nous donnes un nouveau frère, nous prendrons un drapeau et nous nous expatrierons ». Bientôt après ils allèrent tous les sept faire le commerce : en leur absence leur mère mit au monde une fille. Leur tante alla les trouver et leur dit : « Votre mère vous a donné un frère ». Ils s'expatrièrent.

le Soleil, mais il était trop chaud et terrible et mangeait les petits enfants. Elle s'enfuit vite et courut chez la Lune ; mais elle était trop froide, effroyable et mauvaise, et quand elle aperçut la fillette elle s'écria : « Je sens, je sens la chair humaine ». Elle s'en fut vite, et arriva chez les Étoiles. Elles étaient amicales et bonnes, et chacune était assise à part sur sa petite chaise. L'Étoile du matin se leva, lui donna un petit os (*Hinkelbeinchen*) et dit : « Si tu n'as pas ce petit os, tu ne peux pas ouvrir la montagne de verre et c'est dans la montagne de verre que sont tes frères ».

La fille prit le petit os, l'enveloppa bien dans une serviette, et alla droit devant elle jusqu'à ce qu'elle arriva à la montagne de verre. La porte était fermée et elle voulut prendre le petit os, et elle déplia la serviette ; celle-ci était vide et elle avait perdu le présent des bonnes Étoiles. Qu'allait-elle faire ? Elle voulait délivrer ses frères et elle n'avait pas de clef pour ouvrir la montagne de verre. La bonne petite sœur prit un couteau, se coupa un petit doigt, le mit dans la porte et l'ouvrit heureusement[1] ».

Dans un des *Contes ligures* la fille va aussi trouver le Soleil, mais avant de le voir elle rencontre

1. Grimm, n° 25, p. 108.

« sa commère », qui a bien l'air d'une fée semblable aux nôtres par son aspect et ses présents : « Après avoir ainsi marché longtemps, elle rencontra sur un petit pont une femme qui se berçait dans une coquille de noisette. Elle s'approcha d'elle et lui dit : « Voisine, belle voisine, pourriez-vous me dire ce que sont devenus mes frères, qui sont grands et gros comme une ville[1] » ? — Elle lui répondit : « Enlève les épingles de mes cheveux et relève mes petites paupières, que je voie qui tu es ». La fille fit ce qui lui était demandé et la voisine la regarda bien, de la tête aux pieds, puis lui dit : « De tes frères je ne puis rien te dire, mais adresse-toi à mon compère le Soleil, lui, qui va partout, saura bien te dire quelque chose. D'ailleurs, voilà un sac de noisettes, elles te serviront sous peu[2]. La fille remercia vivement ». Cette femme, qui peut-être bien figure la Lune, se présente là comme la *Fée des noisettes*.

Des présents que les trois vieilles font à la sœur des *Neuf frères*, un seul doit retenir l'attention : c'est la *petite roulette* qui montre le chemin. Nous avons un objet analogue dans un des contes de notre série. Mais là c'est le père qui

1. *Contes ligures*, p. 303.

2. *Contes ligures*, p. 303.

veut garantir ses six fils et sa fille, enfants d'un premier lit, contre la méchanceté de sa seconde femme. Pour cela il les transporte dans un château au plus profond des bois, si bien caché, que lui-même ne pourrait en trouver le chemin par les moyens ordinaires : « Il était si caché et la route était si difficile à trouver que lui-même ne l'aurait pas trouvé si une sage femme (*Weise Frau*) ne lui avait pas fait don d'un peloton de fil, dont la propriété était incroyable ; lorsqu'il le jetait devant lui, il se dévidait de lui-même et lui montrait la route »[1]. Le fameux fil d'Ariane, qui, selon la légende antique, permit à Thésée de se retrouver dans les dédales du Labyrinthe, me paraît être un peloton de la même espèce. On lit dans Hygin, l'un des compilateurs latins de ces fables antiques : « Thésée, lorsqu'il vint en Crète, fut aimé d'Ariane, fille de Minos, tellement qu'elle trahit son frère pour sauver son hôte. Elle montra en effet à Thésée les issues du Labyrinthe ; après que Thésée y fut entré et eut tué le Minotaure, par les instructions d'Ariane, il en sortit en repelotonnant un peloton de fil (*licium revolvendo*)[2] ». À prendre le

1. Grimm, no 49, p. 191, *Die Sechs Schwane* (les six cygnes).

2. *Hygini fabulae*, édit. Mauricius Schmidt, Iéna, 1872, p. 70,10.

texte littéralement il n'y aurait même là rien de merveilleux et simplement un *truc* ingénieux : le héros, en entrant dans le Labyrinthe, aurait fixé à quelque objet le bout du fil, puis il l'aurait déroulé en avançant et, pour retrouver son chemin au retour, il n'aurait eu qu'à reprendre le fil, en le repelotonnant à mesure. Mais si tel est le vrai sens de la phrase d'Hygin, c'est une explication ephémériste ; dans la légende primitive sûrement le peloton était *fée*.

Les *Neuf frères* diffèrent notablement des contes congénères. Mais à certains égards ils s'en rapprochent étroitement. L'air de famille s'accentue parfois tellement que dans tel ou tel autre conte on retrouve identiques des phrases qu'on croirait prises dans le texte Charentais. En voici quelques exemples. Dans un des *Contes populaires norsques* traduits par sir George Webbe Dasent, lorsque la petite fille demande à sa mère quelle est la cause de sa solitude, elle s'exprime ainsi : « Oh ! cela me semble si triste et si solitaire ici, dit Blanche-neige et Rose-Rouge[1] ; tous les autres ont des frères et des sœurs et moi je suis toute seule ; je n'en ai

1. C'est le nom qu'on lui avait donné parce que sa mère, voyant des gouttes de sang sur la neige, avait souhaité avoir une petite fille dont la peau serait blanche comme la neige et dont les joues seraient rouges comme du sang.

aucun et c'est pour cela que je suis chagrine ». — « Mais vous aviez des frères, ma fille, dit la reine.

J'avais douze fils, qui étaient vos frères ; mais je les ai donnés pour vous avoir » et elle lui raconta toute l'histoire[1].

Dans un des contes des frères Grimm, lorsqu'elle arrive à la demeure de ses frères, elle y trouve le plus jeune, qui est resté à la maison pendant que les autres sont à la chasse, duquel elle se fait reconnaître et qui la cache sous un cuveau, d'où elle ne sort que lorsque tout est arrangé[2]. Dans le même conte, lorsque la fille a involontairement causé la métamorphose de ses frères en cueillant dans le jardin douze tiges de lys blancs, qui sont enchantées et qu'ils goûtent, elle apprend le moyen de les délivrer d'une vieille femme qui ressemble fort aux vieilles des *Neuf frères*. « La pauvre fille était seule dans le bois sauvage ; elle regarda autour d'elle et voilà qu'auprès d'elle était une vieille femme, qui lui dit : « Qu'as-tu fait ? Pourquoi n'as-tu pas laissé là les douze fleurs de lys. C'étaient tes frères qui maintenant sont pour toujours changés en

1. *Popular tales from the Norse*, 3e édition, Edimbourg, 1888, p. 52 ; voyez ci-dessus, p. 120.

2. Grimm, p. 39 ; voyez ci-dessus, p. 124.

corbeaux ». La fille demanda à la vieille : « N'y a-t-il aucun moyen de délivrer mes frères » ? « Non, dit la vieille, il n'en est aucun dans le vaste monde, sauf un, mais il est si difficile que tu ne pourrais pas les délivrer ainsi, car tu devrais être muette pendant sept ans, tu ne devrais ni parler, ni rire, et si tu dis un seul mot, ne manquât-il qu'une heure pour parfaire les sept ans,tout est perdu et tes frères sont tués par ton mot »[1].

1. Grimm, p. 40.

L'immense forêt que traversent d'abord les frères qui fuient, puis la sœur qui les cherche, se retrouve à peu près dans toutes les versions ; mais c'est là un trait fréquent dans cette poëtique particulière.

La cassette

Un homme et une femme, le mari et la femme, déjà âgés, vivaient dans une maison au bord de la route. Ils étaient pauvres et gagnaient leur vie en travaillant aux champs.

Un jour, en rentrant chez eux, ils trouvèrent au bord de la route une cassette, sans doute tombée d'une voiture, que des voyageurs avaient perdue. Ils la portèrent chez eux ; elle était très lourde. Ils l'ouvrirent : elle était pleine de pièces d'or et d'argent et de bijoux précieux. « Une fortune, quoi ! dit l'homme. Quel malheur qu'il faille rendre ça à ceux qui l'ont perdu, quand ils viendront le réclamer ! » — « Je n'ai point l'intention de le rendre, dit la femme. Si on vient le réclamer je dirai que nous n'avons rien trouvé ». — « Oh, répliqua l'homme, o serait mentir et voler ! moi je dirai que nous l'avons trouvé ». La femme n'insista pas, mais elle prit ses précautions.

Le lendemain de bonne heure, dès qu'ils furent levés, elle dit à son mari : « J'allon peut-être bientôt être riches, si on ne réclame pas la cassette ; et tu ne sais seulement ni lire ni écrire. Faut que tu ailles à l'école pour apprendre et dès ce matin – « Comment veux-tu que j'apprenne à mon âge ; les drôles se moqueront de moi et j'aurai l'air d'un sot ». Mais la femme insista tant qu'il finit par céder. Elle lui fit son panier, avec son déjeuner dedans « comme on fait aux drôles qui allan à l'école » et il partit.

Quand il revint au soir, sa femme l'attendait. Elle avait fait des crêpes et des bignous (des beignets), et, quand il arriva à la maison, elle était montée à son grenier et les jetait dehors par la fenêtre du grenicr. L'homme, qui croyait qu'ils tombaient du ciel, criait : « *Femme, femme, o mouille* (il pleut) *des crêpes* ! *Femme, femme, o mouille des bignous* ». – « Eh bien mange en si tu en veux », répondit-elle. Il lui raconta ensuite que le maître d'école n'avait point voulu de lui et que les écoliers s'étaient moqués de lui et avaient mangé ce qui était dans son panier. Bien fatigué, il soupa et se mit au lit.

Quand il fut endormi, sa femme mit près de lui dans le lit un œuf de poule. Lorsqu'il se réveilla, il sentit quelque chose auprès de lui et trouva l'œuf : « *Femme, femme, j'ai pounut in teu de poule !* » « Eh bien ! mon vieux, tu fais concurrence à nos poules ! »

Au bout de quelques jours deux beaux messieurs se présentèrent, leur demandant s'ils n'avaient pas trouvé une cassette : « Eh non ! mes bons messieurs, nous n'avons rien trouvé, dit la femme » – « Si, si, dit l'homme, nous avons trouvé une cassette, elle est ici » – « Ah ! mes bons messieurs, dit la femme ; j'ai bien du malheur. Mon pauvre mari n'a pu sa tête ; *o l'est in innocent !* Demandez-lui, *s'oupiait*, quel jour nous avons trouvé la cassette ! » – « *O l'est*, dit-il, la veille du jour où je *seus* allé à l'école pour la première fois ; *tieû jour là o mouillati des crêpes et des bignous et dans la neut j'ai pounut in œu de poule* » ! – « Hélas, ma bonne femme, dirent les messieurs, nous voyons qu'en effet vous avez bien du malheur, et que votre mari n'a pas sa raison » ; et ils partirent en lui donnant quelque argent, comme à une malheureuse.

C'est encore là un thème fort répandu dans la littérature des contes populaires. En lui-même il est très simple. Ce sont deux pauvres époux qui trouvent un objet perdu ou un trésor, et l'un veut garder la trouvaille et la tenir secrète, l'autre étant au contraire disposé à en répandre le bruit et à restituer, le cas échéant, aux ayants droit. L'époux cupide s'arrange de manière à faire passer son conjoint sincère pour une personne dépourvue de raison et dont les dires sont sans valeur. Lorsque c'est un trésor proprement dit qui est trouvé, la chose est un peu moins simple qu'au cas d'objets perdus, car l'inventeur généralement a droit à une partie du trésor, une autre part revenant au seigneur ou à l'État. L'époux que son conjoint fait prendre pour idiot ou fou, et qui naturellement est singulièrement naïf et crédule, peut aussi être soit le mari, soit la femme : généralement c'est la femme, mais dans le conte charentais, c'est le mari, par une sorte de revanche du sexe féminin.

Mais ce qui varie surtout et ce qui peut varier à l'infini, c'est la mise en scène, la combinaison extravagante par laquelle l'époux rusé trompe son conjoint, en lui faisant accepter comme réels les faits les plus bizarres, les plus impossibles.

Ainsi, dans un conte russe[1], il s'agit d'un trésor trouvé par un paysan, au milieu d'un bois où coule une petite rivière. Le mari, qui a fait la trouvaille, avant d'apporter l'or et l'argent

---

1. *Russische Märchen*, von Wilhem Goldschmidt, n° 2 : « *Hecht auf dem Baume, Hase im Wasser* » (brochet sur l'arbre, lièvre dans l'eau), p. 15 et suiv.

chez lui, va à la ville où il achète un brochet et un lièvre vivants. Il accroche le brochet au sommet d'un arbre, puis va au ruisseau, où il pêche d'ordinaire, et là, dans un endroit peu profond, il met dans l'eau son lièvre, enfermé dans une nasse, moitié dans l'eau moitié hors de l'eau. Les choses étant ainsi disposées, il va trouver sa femme à la maison et lui raconte sa trouvaille. Tous deux vont alors avec une petite charrette chercher le trésor. Chemin faisant, le mari raconte à sa femme qu'on lui a dit à la

ville que maintenant les poissons se tenaient dans les arbres et le gibier dans l'eau. Elle se récrie ; mais bientôt elle voit le brochet en haut de l'arbre et le signale à son mari, qui feint le plus grand étonnement ; il va pourtant décrocher le poisson sur l'invitation de sa femme. Plus loin c'est le lièvre qu'elle voit dans la nasse au milieu de l'eau et les choses se passent de la même manière. Ils apportent alors le trésor à la maison. Mais la femme, croyant leur richesse inépuisable, ne cesse de dépenser de l'argent, si bien que son mari déclare qu'il ne lui donnera plus un kopek. Furieuse elle va se plaindre au Voyvode et lui révèle la trouvaille du trésor. Le magistrat envoie son plus ancien secrétaire avec les anciens du village pour régler l'affaire. Le secrétaire, interroge l'homme qui ne sait ce dont il s'agit ; il invoque alors le témoignage de la femme. Mais le mari fait comprendre qu'elle n'a pas bien sa tête et il prie le secrétaire de demander à la *baba* quel jour a eu lieu la trouvaille : « C'est, dit-elle, le jour où nous avons trouvé un brochet en haut d'un arbre ». Le secrétaire et les anciens se mettent à sourire et à hocher de la tête. « Oui, insiste-t-elle, c'est le même jour que nous avons trouvé pris un lièvre dans une nasse dans la rivière ». Cette fois ce sont des éclats de rire et la cause est gagnée.

Dans un conte danois[1] le mari, qui a trouvé un trésor dans le champ de son seigneur, où il travaillait en corvée, et qui craint que sa femme ne puisse tenir sa langue, l'emmène à la ville, où elle fait bonne chère avec lui. Puis ils reviennent sur leur charrette, par une nuit pluvieuse : sa femme, bien repue, dort néanmoins ; mais elle est réveillée à plusieurs reprises. Ce sont d'abord des petits pains blancs qui lui tombent sur la tête : « Il pleut des pains blancs, dit-elle à son mari ». C'est bien entendu celui-ci qui en a rempli son sacà fourrage et qui en fait tomber de temps à autre. On reconnaît là un trait semblable à la *pluie de bignous*. Plus loin la femme est réveillée par le cri d'un âne : son mari lui dit en confidence que c'est le diable, qui a prêté de l'argent au seigneur et qui réclame ses intérêts. Enfin quand ils sont arrivés chez eux, le mari lui dit qu'il a appris que la guerre était ouverte, que les ennemis avaient envahi le pays et qu'ils viendraient cette nuit piller leurs biens. Il la fait mettre en sûreté dans la cave aux pommes de terre et reste, lui, dehors avec son fusil, pour repousser l'attaque. Toute la nuit il pousse des cris et tire des

1. *Danische Volksmärchen*, nach bisher ungedrùcklen Quellen von Svenst Grundvig, übersetzt, von Willibad Leo, Leipzig, 1878, p. 77, *Der Schatz* (le trésor).

coups de fusil. Enfin le matin, il déclare qu'il a repoussé l'attaque. Lorsque le seigneur, instruit par la rumeur publique que les commérages de la femme ont mise en branle, vient réclamer le trésor, le mari fait l'ignorant, mais la femme parle. Le paysan prie le seigneur de lui demander quel jour elle a appris la trouvaille : elle précise, en racontant qu'il pleuvait des pains blancs, que son mari a repoussé les ennemis et rapporte même les réclamations du diable à l'égard du seigneur. Celui-ci part furieux, mais convaincu de l'inanité de la rumeur.

Le trait qui paraît le plus constant, c'est la pluie de bonnes choses. Il se retrouve encore dans un conte ligure[1]. C'est une femme presque idiote, chassée par son mari, qui se réfugie sur un arbre. Des voleurs viennent à nuit compter leur or et leur argent au pied de l'arbre. La femme les effraie et les met en fuite, sans le vouloir[2] ; elle ramasse l'or et l'argent qu'ils ont laissés et le rapporte à la maison, où son mari veut bien la recevoir. Mais elle parle trop et le mari est cité avec elle devant le juge. Mais il a pris des précautions une nuit précédente. Il fait bouillir des macaronis ; puis les éparpille sur les arbres de son jardin. Le lendemain sa femme

1. *Contes liures*, p. 90 et suiv., *La pluie de macaronis*.

2. C'est un épisode qui figure dans beaucoup d'autres contes.

s'éveillant se met à la fenêtre: «Oh, Bertoumé, viens donc voir; il a plu des macaronis». Le mari répond: «Tu m'en contes! Ah par exemple! ... Tiens... c'est vrai». Devant le juge la femme avoue qu'elle a rapporté le trésor: «Et quand me l'as-tu rapporté?» s'exclame le mari furieux; «je vous jure que ma femme est folle». — «Et tu sais bien, le jour qu'il a plu des macaronis». — «Chou Giugé (Monsieur le juge), dit le mari, avez-vous jamais vu pleuvoir des macaronis?» — «Non, mon ami, dit le juge en riant; allons, allons, je vois bien que votre femme est folle; vous êtes acquitté».

LA FÈVE

Un vieux et une vieille, le mari et la femme, habitaient une petite maison au milieu des bois. Ils étaient très pauvres et demandaient leur pain aux portes. Un jour ils trouvèrent une grosse, grosse fève. « Qu'en ferons-nous, dit l'homme ; nous n'avons point de champ pour la semer ». — « Nous la sèmerons devant notre maison, dit la vieille ». Ils l'y semèrent en rentrant. Une tige de fève sortit de terre et grandit, grandit toujours, si bien qu'elle monta jusqu'au ciel. Cela dura quelques années.

Mais un jour la vieille dit à son vieux : « Nous demandons notre pain aux portes et nous n'en avons point toujours à notre faim. Tu vas

monter dans la fève jusqu'en haut et demander au bon Dieu que nous a yon toujours du pain à *notre réfection* ». Le vieux répondit : « Comment veux-tu que je grimpe jusqu'au ciel ; jamais je ne pourrai ». Il eut beau dire, sa vieille n'en démordit point et il céda.

Il grimpa dans la fève péniblement, longtemps, longtemps, et enfin arriva jusqu'au ciel. La porte était fermée ; il y frappa : toc, toc ! « Qui est-là ? » — « C'est l'homme de la fève, qui vient demander au bon Dieu qu'il ait toujours du pain à sa réfection ». — « Que l'homme de la fève s'en retourne chez lui et il aura toujours du pain dans sa *met* ». Il remercia bien et descendit. En effet à partir de ce moment ils eurent toujours du pain dans la *met* et même du pain blanc.

Au bout d'un certain temps la vieille dit à son homme : « Nous avons du pain à notre réfection ; mais nous n'avons jamais que du pain. Ça n'est pas bon et ça *mache* l'estomac. Faut que tu montes encore dans la fève et que tu ailles demander au bon Dieu qu'il nous donne de la viande avec ». — « Mais je pourrai jamais, dit le vieux. Je suis encore plus vieux que la première fois, et j'ai des douleurs ». Sa vieille le persécuta tellement qu'il finit par céder. Il grimpa dans la fève, péniblement, longtemps, si bien qu'il arriva enfin jusqu'au ciel. La porte était fermée. Il y frappa : toc, toc. « Qui est-là ? » – « C'est l'homme de la fève qui vient demander au bon Dieu qu'il ait toujours de la viande avec son pain ». – « Que l'homme de la fève s'en retourne chez lui ; il aura toujours de la viande dans son garde-manger ». L'homme redescendit bien doucement, et, à partir de ce jour, ils eurent toujours de la viandc dans leur garde-manger, tantôt du veau, du bœuf, du mouton ou de la volaille.

Cela dura quelques années. Mais un jour la vieille dit à son vieux : « Nous avons du pain et de la viande ; mais notre mobilier est toujours *quasiment reun*. Faut que tu montes encore dans la fève et que tu ailles demander au bon Dieu de nous donner un beau mobilier et des rideaux neufs ». – « Comment veux-tu que je fasse, dit l'homme. Je suis encore plus vieux que les autres fois et j'ai peine à bouger. Jamais je ne pourrai grimper jusqu'en haut ». Mais sa vieille le persécuta tant qu'il finit par céder. Il se mit à grimper bien péniblement, bien lentement, mais il ne put arriver qu'à moitié. Là il tomba et en tombant il se cassa la jambe, qui se détacha.

Il n'en mourut point ; mais il n'avait plus qu'une jambe et ne pouvait marcher ; il restait étendu sur son lit. Il dit à sa vieille : « Il faut à ton tour que tu montes dans la fève et que tu ailles demander au bon Dieu une autre jambe pour moi. C'est le moins que tu puisses faire, car c'est toi qui es cause que je me suis cassé la jambe ».

La femme grimpa dans la fève, longtemps, longtemps, si bien qu'elle arriva jusqu'au ciel La porte était fermée, elle y frappa : toc toc. « Qui est là ? » « C'est la femme de l'homme de la fève qui vient demander au bon Dieu une autre jambe pour son homme qui a cassé la sienne ». — « Eh bien, voilà une jambe d'or pour l'homme de la fève ». Et elle reçut une jambe d'or par la porte entre-baillée. Ayant bien remercié, elle descendit et rentra chez elle. « Le bon Dieu t'a-t-il donné une jambe pour moi, demanda son vieux ? » — « Oui. mais elle est bien trop belle pour toi, c'est une jambe d'or et tu ne l'auras pas ».

L'homme resta donc impotent sur son lit. Mais chaque fois que sa femme passait devant lui, il lui disait : « Rends-moi ma jambe d'or ! Rends-moi ma jambe d'or ». Enfin un jour qu'il lui disait encore : « Rends-moi ma jambe d'or » ! elle lui dit : « *Té ! te la v' là !* » et elle la lui jeta, mais si malheureusement qu'elle l'attrapa à la tête et le tua.

Ce n'est point chose rare dans la littérature des contes populaires qu'une fève ou un haricot, trouvés pat hasard et mis en terre, qui croissent merveilleusement et montent jusqu'au ciel, servant d'échelle gigantesque à celui qui les a plantés. L'un des contes les plus répandus en Angleterre, l'un de ceux qui sont pour les Anglais ce que sont les *Contes de Perrault* chez nous, met en scène une de ces fèves merveilleuses ; c'est *Jack and the Bean-Stalk*, Jacques et la tige de fève[1]. Mais là la tige ne monte point jusqu'au ciel. Elle monte seulement jusqu'à un pays extraordinaire où, au bout d'une grande plaine nue, se dresse un château, celui d'un ogre-géant. En mettant le pied sur cette terre inconnue, Jacques, qui a grimpé jusqu'en haut de la fève, trouve une fée protectrice de sa famille, qui lui apprend que son père fut jadis très riche, mais que l'ogre l'a tué et dépouillé de ses richesses. Jacques ne monte dans la fève que pour enlever à chacun de ses voyages quelque trésor à l'ogre, qu'il finit par détruire, en coupant au pied la tige de fève, dans laquelle le géant s'est engagé pour poursuivre le ravisseur. Mais dans les *Contes français*,

1. *English Fairy and Folktales* selected and edited with an introduction by Edwin Sidnev Hartland. p. 35.

recueillis par F. Henry Carnoy[1], nous en trouvons un recueilli dans la Somme, *La tige de fève*, qui est bien le pendant du nôtre. Ici la fève monte jusqu'au ciel, dont le pauvre homme qui y monte trouve la porte fermée ; mais saint Pierre la lui ouvre et c'est le portier sacré du Paradis qui écoute les demandes du paysan et y fait droit avec une complaisance infinie. C'est aussi la femme, poussée par une ambition toujours grandissante, qui envoie son mari demander toujours quelque chose de plus. Elle demande d'abord une jolie maison, puis un château ; ensuite elle veut être reine, puis pape. Elle obtient tout, même le dernier article, quoique saint Pierre accorde celui-ci en s'indignant. Et voici comment se termine l'histoire : « Ce dernier titre ne put pas plus que les autres suffire à la femme ; elle voulut être Dieu. Son mari grimpa une dernière fois à la tige de fève. Il n'eut pas sitôt expliqué sa demande qu'il fut précipité du haut du ciel. Il tomba meurtri devant sa cabane d'autrefois et y trouva sa femme dans ses pauvres habits de jadis. Quant à la fève elle fut brisée d'un coup de foudre épouvantable, qui manqua de renverser la chaumine ». La satire est ingénieuse, mais exagérée ; le récit charentais, pour rester plus près des

1. Leroux, éditeur, p. 302 et suivantes.

passions vraies, n'en est pas moins pittoresque. La version picarde contient un détail intéressant ; c'est dans l'âtre que, d'après les instructions du mendiant qui ladonne, la fève est plantée : « Voici une fève que tu planteras dans l'âtre. Elle montera si haut qu'en grimpant tu arriveras au ciel. Adieu ». Le mendiant disparut aussitôt ; quoique peu confiant dans la fève merveilleuse, le paysan la planta. Deux jours après elle sortit de terre, monta jusqu'au haut de la cheminée, et finit par se perdre dans le ciel ».

Jean le sot

Une veuve avait un grand fils, qui était si simple, si innocent qu'on lui avait donné le *chaffre* (surnom) de *Jean le Sot*.

Un jour elle lui dit : « Il n'y a plus guère d'argent à la maison et j'avons une bonne pièce de toile qui a été faite *tiette année* (cette année) ; faut aller la vendre au marché. Mais moi, je suis occupée et ne peux pas quitter la maison. Tu vas prendre la pièce et tu iras la vendre au marché. Mais fais attention. *O i at* (il y a) des gens qui *parlan* beaucoup pour vous enjôler et vous mettre dedans ; faut pas t'y laisser prendre » — « N'ayez pas *poure* (peur), ma mère, dit Jean et il porta sa toile au marché. Là des gens s'approchaient de lui pour la marchander. « Voilà de la toile qu'a point mauvaise mine » disait-il l'un. « Combien en voulez-vous ? ». Et Jean « Vous parlez trot (trop), l'aurez pas ». Un autre venait : « Voilà de la toile qui ferait de bonnes chemises ». Et Jean « Vous parlez trot ; l'aurez pas ». — « Voulez-vous me vendre votre toile », demandait un troisième ». Et Jean : « Vous parlez trot, l'aurez pas ». Ce fut la même chose jusqu'à la fin du marché, et Jean remporta sa toile. Mais en passant au coin d'une rue, il vit une sainte vierge (une image de la Vierge), qui était dans une niche, derrière une vitre. « Voulez-vous acheter ma toile », dit Jean. L'image ne répondit point. « Voilà bien mon affaire », se dit-il, *tielle-là* ne parle pas trot, je vas lui vendre ma toile » ; et il brise la vitre pour introduire la pièce et, comme il ne recevait point d'argent en échange, il prit les *cassereaux* (débris) de verre et les emporta. Quand il rentra à la maison, sa mère lui demanda : « Eh bien, mon Jean, as-tu bien vendu ta toile au marché ? » – « Je l'ai point vendue au marché ; tous ceux qui sont venus la marchander *parlian trot*. Mais au coin d'une rue, j'ai trouvé une sainte vierge, qui ne *disait reun*, et je *li ai baillé* ma toile ; pour me payer j'ai pris les cassereaux de la vitre ». – « Ah, pauvre innocent ; que faire de toi ? Allons *vitement* voir si la toile est encore où tu l'as mise ». Ils y coururent, mais quelqu'un l'avait prise et emportée.

Sa mère, comptant peut-être que la leçon lui profiterait, l'envoya pourtant une autre fois au marché vendre des œufs, en lui disant bien combien il faudrait vendre la douzaine. « N'ayez pas *poure*, ma mère », et il partit. Mais il eut à traverser un pont, sur une petite rivière pleine de grenouilles et de crapauds. L'une des grenouilles se mit à faire : *couac, couac*. Jean crut qu'elle se moquait : « Veux-tu te *taiser* (taire) », lui cria-t-il. Mais, comme elle continuait « Eh ben, tu vas voir », et il lui *arrocha* (lança) un de ses œufs. Une autre grenouille se mit aussi à faire : *couac, couac*, et, comme elle ne se taisait pas, il lui arrocha également un œuf. Et ainsi de suite jusqu'à ce que tous les œufs du panier y eussent passé.

Quand il revint, sa mère lui demanda s'il avait vendu ses œufs : « Ma foi non, dit-il, mais *i m'avan ben servi : O i avait* dans la rivière des grenouilles et des crapauds qui *crian* après moi ; je leur ai arroché les œufs et je les ai fait taire ». « Ah pauvre innocent, que *ferai-ji* de toi ? »

Un jour la mère de Jean le Sot lui dit : « Vois-tu, mon Jean, faut être bon pour ceux qui *avan dau mau*. Ainsi, quand je vois de pauvres gens qui ont des gerçures ou des coupures, je les panse, je leur mets dessus de la graisse, pour qu'ils souffrent moins et que ça guérisse ». — « Je manquerai point de faire de même, ma mère, vous pouvez y compter ». *Tielle année la*, l'été, il y avait eu une longue sécheresse et la terre était fendue en bien des endroits. Quand il vit ça, il alla chercher le pot de graisse de sa mère, qui était juste entamé, et se mit à graisser avec les fentes de la terre, si bien que tout le pot y passa. Quand le soir sa mère voulut faire la soupe et chercha son pot, il était vide. Elle demanda à son fils s'il y avait touché : « Eh sans doute, dit Jean, j'ai graissé avec les gerçures de la terre, *comme vous me zou aviez dit* ». – « Ah ! pauvre innocent, dit la mère que *ferai-ji* de toi ? ».

La mère de Jean ne le laissait plus aller au marché ; elle y allait elle-même, ce qui souvent la gênait beaucoup. Un jour elle lui dit : « Il faut que j'aille au marché. Il faut que je m'absente, mais ça me contrarie. *J'ai monté la bugée*[1], mais à *astoure* il faut la *mener* toute la journée ; tu la mener as pendant que je n'y serai pas et fais y bien attention ». – « Je n'y manquerai pas, ma mère », répondit Jean. Quand elle rentra le soir, elle lui demanda s'il avait bien mené la bugée : « Oh ! oui, dit-il, je l'ai mise sur une brouette et je l'ai *menée* toute la journée sans m'arrêter dans les chemins du village ; *les bras m'en fasan bein mau* ». – « Ah, pauvre innocent, dit la mère, que *ferai-ji* de toi ? »

Une autre fois la mère de Jean devait encore s'absenter. Elle ne lui donna rien à faire et lui dit seulement : « J'ai préparé ton déjeuner, mais il faudra que tu ailles tirer du vin à la barrique, qui

1. La *bugée* c'est la lessive et *monter la bugée*, c'est la préparer, empiler méthodiquement avec les cendres le linge dans la *ponne*. *Mener la bugée*, c'est entretenir le feu et verser régulièrement le lessif sur le sommet de la pile, *voider*, comme on disait.

est dans le *chai* ; mais il y a une poule qui y couve ; prends bien garde de l'effaroucher ; si elle quittait ses œufs, les petits *n'eplirian* pas (n'écloraient pas) ». — « Soyez tranquille, ma mère » répondit Jean. À midi il s'apprêta à déjeuner et alla dans le chai pour se tirer du vin. Mais quoiqu'il allât *tout châ petit*, la poule, quand elle le vit, sauta hors de son nid et se sauva par la porte ouverte. Jean le Sot était bien en peine ; enfin il se décida à s'accroupir sur les œufs qu'avait quittés la poule, pour *couer* (couver) à sa place. Quand la mère rentra le soir, elle ne vit pas son fils dans la maison et *jucha* « Jean, Jean ! ». Elle l'entendit lui répondre de loin : « Je *coue*, ma mère, je *coue* ». — Elle crut qu'il avait déchiré sa culotte ou son gilet et lui dit : « Tu *couds* ? Viens, je te raccommoderai »[1]. Mais Jean criait toujours : « je *coue*, ma mère, je *coue* ». Comme la voix partait du chai, elle y alla et trouva son fils qui *couait* et qui lui raconta ce qui était arrivé et ce qu'il avait fait. « Ah ! pauvre innocent, dit-elle ; que *ferai-ji* de toi ? ».

1. Ce trait, comme le précédent, repose sur un calembour. Le calembour n'est point inconnu aux Saintongeais, comme le prouve le passage de Burgaud des Marets : *La Cagouye et le robertâ* « s'i s'echappe o s'rat poin ine sarpen. Mais o s'rat in asar surement ». Et en note : « qu'i tâchan de feire des calambours coume tieû dans Jell chétit jargon parisien ». Le jeu de mots roule ici le double sens du mot asar qui signifie à la fois le *hasard* et le *lézard*.

La mère de Jean aurait voulu le marier, mais comment se ferait-il agréer d'une fille? Elle lui dit: «Mon Jean, il faut que tu ailles fréquenter *tiellées filles* à la fairie, pour te trouver une femme. Mais pour leur plaire, il faut leur dire des *douceurs*, leur dire qu'elles sont belles comme des astres, et leur lancer des œillades». «Je ferai *comme vous disez*, ma mère», répondit Jean, et il partit pour la faine, ou les filles étaient rassemblées. Mais avant il se pourvut d'*œillades*[1], il alla au toit où étaient les *oueilles* et leur arracha les yeux, qu'il mit dans sa poche. Arrivé auprès des filles il leur dit: «*Dau miau, dau sucre* (du miel, du sucre); *ta belle étoile et la lune*», et il répétait sans cesse ces mots. Les filles se moquaient de lui, disant: «Que nous veut donc *tiel animau*?». Voyant que cela ne prenait pas, Jean eut recours aux *œillades* il tira de sa poche les yeux de ses brebis et les leurs jetait à la figure. Effrayées, elles se sauvèrent en criant. Lorsque sa mère alla au toit des *oueilles* et qu'elle vit ses bêtes en cet état, elle pensa bien que c'était un tour de Jean. Elle l'interrogea quand il rentra et il lui raconta tout. «Ah! pauvre innocent, dit-elle, que *ferai-ji* de toi?»

Jean avait une cousine qui allait se marier. Les parents vinrent inviter sa mère à la noce

1. Encore le calembour en action.

et la prièrent d'amener son fils avec elle. Mais elle n'y avait point envie. Son fils la suppliait d'y consentir, mais elle lui répondait : « Non, vois-tu, tu manges *trot* (trop), mon Jean, tu ne saurais pas t'arrèter ; tu me ferais honte devant tout le monde ». Enfin, devant ses instances, elle finit par céder : « Eh bien ! j'y consens, mais à une condition. Je serai en face de toi et quand tu auras assez mangé, je te ferai signe en te *teurpant* sur le pied (t'appuyant sur le pied) sous la table, et tu t'arrètras de manger » — « Je vous le promets beun, ma mère » dit Jean. Le jour des noces et l'heure du repas de noce arrivée, on se mit à table et chacun s'apprêta à faire honneur au festin. Jean n'avait pas achevé de manger sa soupe qu'un grand chien jaune passa sous la table et lui marcha sur le pied. Il crut que c'était sa mère qui faisait le signe convenu, et s'arrèta de manger. Il ne finit pas sa soupe et ne voulut prendre d'aucun plat. Comme on insistait, et Dieu sait ! si on insistait, car ce n'est point commun de *voir in chrétien qui ne mange reun à ine fête de noce*, il répondait toujours : « *Merci, ai pus faim* ». Quand on fut se coucher, il dit à sa mère (on l'avait mis dans la même chambre qu'elle) : « J'ai rien mangé et j'ai une faim qui me tord les boyaux H.— « Pourquoi n'as-tu rien mangé » ? dit sa mère. — « Mais *à cause que* vous m'avez *teurpé* (marché) sur le pied avant que j'aie fini ma soupe». – «Mais je t'ai pas touché ! Ah, je vois *ce qu'o l'est, O i at in grand cheun jaune qu'at passé sous la table à tieû moument; l'est li qui t'aurat teurpé sur le pied.* Mais puisque tu n'as rien mangé et que tu as si faim, va à la cuisine. *O i at* in grand pot de terre dans lequel ta tante a mis des *cornions* (de la bouillie de farine de maïs refroidie) ; tu en prendras et tu en mangeras». Jean s'en fut à la cuisine. Il trouva le pot, et, dans son empressement, il y entra ses deux mains. Mais le goulot était étroit et il ne pouvait les ressortir. Il alla trouver sa mère, les mains ainsi prises, apportant le pot après elles. Elle lui dit : «Il y a dans la cour une grosse pierre ronde ; tu n'as qu'à taper le pot contre elle, et à casser le pot; comme ça, tu seras débarrassé». Jean s'en alla dans la cour. Mais il se trouva qu'une grosse fille bien dodue, qui n'avait point fait comme Jean et qui avait trop mangé, s'était sentie incommodée et était venue se soulager dans la cour; elle était accroupie, bien retroussée pour ne point gâter ses jupes, Il ne faisait point bien clair ; Jean entrevit dans un coin une forme ronde et frappa le pot contre elle de toutes ses forces. La fille se mit à pousser des crits perçants. On accourut de tous côtés, et l'on peut deviner combien la mère de Jean avait de honte ! « Ah ! pauvre innocent, dit-elle, que *ferai-ji* de toi ? »

Jean le Sot est un personnage qu'on trouve dans le monde entier. C'est par exemple, le *Gescheidte Hans* des Allemands[1], le *Lazy Jack*[2] des Anglais, l'*Ivan Dourak*[3] des Russes. Partout ses aventures et ses méprises sont du mêmegenre,mais présentent une grande variété dans le détail. Étant donné le thème, il est aisé à l'esprit populaire d'inventer des traits qui s'y rapportent, d'autant plus que les différents exploits de Jean le Sot ne présentent entre eux aucune suite, aucun lien logique. Cependant dans *Lazy Jack*, il y a un système. Jack loue ses services successivement à des patrons qui exercent les professions les plus diverses. Il est payé en nature, recevant un objet d'alimentation

1. Grimm, n° 32, p. 132.

2. *English Fairy and Folktales* selected and edited by Edwin Sidney Harland, Lazy Jack, p. 269.

3. Tolstoï a pris *Ivan Dourak* pour héros d'une de ses nouvelles, mais il a incarné en lui le bon sens et la bonté du paysan russe, et sa propre aversion de la guerre et de J'argent. Voyez, *Œuvres du comte Tolstoï* (en russe), t. XII, Moscou, 1887, p. 134 et suivantes: *Histoire de Jean le Sot (Ivan Dourak), et de ses deux frères Semen-la-Guerre et Tarass-le-Ventru, de sa sœur Malania, la sourde-muette, du vieux diable et des trois diablotins.* Là Ivan Dourak épouse la fille du Tsar, comme Lazy Jack épouse celle d'un riche seigneur.

ou un animal, et chaque fois il porte la chose de la façon la plus gauche et la plus singulière. Sa mère se récrie à chaque coup, et lui dit : « mais tu aurais dû la porter de telle manière ». Et Jack de répondre : « Je le ferai ainsi une autre fois ». Il suit, en effet, l'instruction la fois, suivante, mais, l'objet n'étant plus le même, la façon de le porter indiquée par la mère n'en est pas moins extraordinaire. C'est ainsi qu'en dernier lieu il porte un âne vivant sur ses épaules, et fait par là rire pour la première fois la fille du riche seigneur, ce qui est le thème d'un autre conte bien connu.

En France le héros du conte porte parfois un autre nom que celui de Jean le Sot. Dans un conte bourguignon il se nomme *Caet Cruchon*[1] et dans un conte de la Haute-Bretagne nous trouvons son pendant féminin, sous le nom de *Jeanne la Diote* (l'idiote)[2].

Mais le plus proche parent du *Jean le Sot* saintongeais, c'est le *Jean le Sot* poitevin, que nous a fait connaître M. Léon Pineau[3]. Par moment, la ressemblance va jusqu'à l'identité. Il donne

1. Gardoz et Paul Sébillot, *Contes des provinces de France*, d'après M. Beauvois, p. 296.

2. *Ibidem*, p. 324.

3. *Contes populaires du Poitou*. Paris, Leroux, 1891, p. 273 et suivantes.

cependant un certain nombre de traits différents et spécialement (p. 288) un épisode de la nuit de noces de Jean le Sot (il a fini par se marier) que j'ai recueilli aussi, quelque peu divergent, en Charente ; mais je ne l'ai point reproduit, et, en effet, M. Léon Pineau a été obligé de terminer cet épisode par deux lignes de points.

L'âne

Un pauvre saltimbanque parcourait le pays avec sa femme, un fils, une fille et un âne. Un soir il alla demander à une maison, dans la campagne, qu'on voulût les loger pour la nuit. On y consentit et on les fit entrer tous, y compris l'âne, dans une grande pièce d'un bâtiment bas, qui paraissait une grange et où l'on n'y voyait guère, bien qu'elle fût éclairée par une large lucarne sans vitres ni barreaux.

Le saltimbanque entrevit dans un coin un morceau de bois, qui avançait comme une sorte de cheville : il y attacha son âne ; puis lui, sa femme et ses enfants se couchèrent par terre dans un autre coin où il y avait de la paille. Au milieu de la nuit il fut réveillé, et se sentit entouré de liquide ; en même temps une forte odeur devin nouveau se répandit. Ce qu'il avait pris pour une cheville était la *canole* (robinet) d'une cuve, qui se trouvait là. L'âne, qu'il y avait attaché, avait tiré sur elle ; elle s'était ouverte et tout le vin avait coulé. Le saltimbanque réveilla sa femme et ses enfants. Il leur raconta ce qui était arrivé et leur dit : « Nous avons fait perdre le vin de ces gens ;

ils voudront nous le faire payer. Nous n'avons qu'à nous sauver en passant par la lucarne ». Il fit monter sa femme sur ses épaules et la fit passer la première, puis son fils, puis sa fille, de la même manière. Puis il y grimpa lui-même et passa à son tour.

— Et l'âne ? (demande immanquablement un des auditeurs) — « Il fait des crottes pour ceux qui *s'emoignent* (s'informent) de lui ».

L'OUEILLE BOTTÉE

« Femme, femme, j'ai trouvé un denier ! » — « Eh bien, nous achèterons une *oueille bianche* ».

« Femme, femme, j'ai trouvé un denier ! » — « Eh bien nous achèterons une *oueille nègre* (noire) ».

« Femme, femme, j'ai trouvé un denier ! » — « Eh bien, nous achèterons une *oueille bure* ».

« Femme, femme, j'ai encore trouvé un denier ! » — « Eh bien, nous achèterons une *oueille bottée* ».

De sorte qu'ils avaient : une oueille bianche, une oueille nègre et une oueille bure.

« Et l'oueille bottée ! », demande immanquablement un auditeur. — « Mange de la m... *à pieine palée* (à pleine pelle) ».

Ces deux derniers contes, de goût peu délicat, si bien que le mot topique par lequel se termine le second ne peut être imprimé en toutes lettres, appartiennent à un même type. Ils sont agencés de telle sorte qu'un auditeur (généralement un enfant) adressera presque inévitablement une observation au conteur, lui faisant remarquer qu'il oublie un point important, qu'il omet de dire ce qu'il est advenu de l'un des êtres que le conte met en scène. Cela permet au conteur, interrompu contre toutes les règles de la politesse villageoise, d'adresser à l'interrupteur une verte réplique, une grasse plaisanterie. L'efïet est immanquable et le public spécial, dont il s'agit, accueille par des rires la riposte et la confusion de l'interrupteur. Bien entendu le conte s'arrête ıh, et n'a point de conclusion : il n'avait pas d'autre but que de produire ce résultat. Le conte de l'*oueille bottée* paraît ancien de plusieurs siècles, dans la forme reproduite ci-dessus. Il nous montre en effet un temps où moyennant un denier (sans doute un denier d'argent), on pouvait acheter une brebis.

Troisième partie

Chansons et croquis saintongeais

A. Esmein

Au dîner de l'Angoumois

La Charente est un beau pays,
Une terre féconde et chaude.
La vigne, le blé, le maïs,
Les prés, verts d'un vert d'émeraude,
Les grands noyers, les petits bois :
Voilà sa parure et sa rente.
Ô Saintonge ! ô doux Angoumois !
Pays béni de la Charente !

Les lignes de grands peupliers
Marquent les bords du petit fleuve ;
Parfois, sous les pâles *aubiers*,
C'est un grand bœuf roux qui s'abreuve.
Qu'elle est aimable en ses détours
Cette eau tranquillement courante !
La Loire est le charme de Tours ;
Mais Angoulême a la Charente !

Parfois des esprits médisants
Nous ont accusés de paresse.
Mais regardez nos paysans
La *tranche* en main, quand le temps presse !

Robuste, sobre, mangeur d'ail,
Sous sa nonchalance apparente,
Jamais il ne boude au travail,
Le paysan de la Charente !

Gens de Saintonge et d'Angoumois,
Qui vivons dans la capitale,
Tous, de la *champagne* ou des bois[1],
Honorons la terre natale !
Par elle ici soyons unis,
Comme un vol d'espèce émigrante,
En songeant à tous ces vieux nids,
Qui sont les nôtres en Charente.

1. La *champagne* et les *bois* sont les deux grandes divisions de la Charente quant à la qualité de l'eau-de-vie.

Le beau temps

Déjà les grand alais[1] fieurissan dans les pré ;
Les osiâ son coublié et jonqué sous les branche.
Les aronde volan le bec duvart, et près
Des bouton d'or montan les marguérite bianche.
Le souleuil à matin s'est levé large et cliair,
Et les goute d'aigail leusian coume des parle,
Et les musset vioulian en virounant dans l'air…,
— Les drôle sont partit peur déniger des marie !

Les vieille, sus le pas des porte, se chauffan
Au souleuil et le maître est tout seul dans l'école.
Les écolier couran les boèsson et buffan
Dans leù trompe d'aubier peur in bout de pibole,

1. C'est une herbe avec une grande et belle fleur blanche. : Dans le *Glossaire du Poitou, de la Saintonge et de l'Aunis* de L. Favre on trouve : *Allée*, asphodèle. C'est sans doute le même mot; mais la transcription que je donne est plus conforme à la prononciation qu'entendait mon oreille d'enfant.

Faisant saber le boès dau manche d'in coutià[1].
Les c'rise groussissan ! J'en mangeron, tu parle !
Je chaufferon le four peur avoèr dau tourtiâ...
— Les drôle sont partit peur déniger des marie !

Aneut les jène gent ne songean qu'à jinguer,
Tant leû quieur est contant et tant i son benaise[2].
Les drôlesse sembliau toute prête à bringuer[3]
Et leû balot rian pus rouge que dès fraise.
I son allé-z-au boès et son pas revenut,
Harmance avec Firmin, Marichot[4] avec Charle.
Ont' avan-t-i passé ? que son-t-i devenut ?
— Les drôle son partit peur déniger des marie !

1. La *pibole* est une sorte d'étui d'écorce, qu'on détache d'une baguette verte, en la frappant tout autour avec un objet dur, ordinairement avec le manche du couteau qui a servi à la couper ; on fait *saber* celle-ci. Puis on gratte et amincit l'un des bouts et la *pibole* ainsi préparée sert d'embouchure à la trompe d'écorce (qu'on a obtenue également en faisant *saber* en lanière une branche d'*aubier*) ; c'est tout à fait comme l'anche en roseau d'un haut-bois. Une chanson d'enfant qui se rapporte à cet objet commence ainsi :

> « Sabe, Sabe, ma pibole ;
> « Demain j'irai à l'école ;
> « Si tu ne venx pas saber... »

Je ne me rappelle plus la suite. Il est une autre espèce de *pibole*, qui forme à elle seule un petit pipeau ; elle se fait avec une tige verte de blé ou de seigle.

2. Bien aises.

3. Sauter, danser.

4. La petite Marie. — Il y a un dicton saintongeais ainsi conçu : « Châpetit, Marichot; in o l'èst prou, deux o l'est trot (trop) ».

Les métive

Quand j'étis p'tit et qu'arrivait
Tous les an le temps des mètive,
Voèlà coument n'on métivait,
Qu'a fussian prime o beun tardive.

N'on segeait[1] au ras des sillon
Avec les dent de la faucille,
Sans déranger les parpillon,
Ni le grelet, ni la cendrille.

Quand le souleuil presque achalait,
Coume in four chauffé de la veille,
Ma foè, n'on beuvait au galet
De la boèsson à la bouteille.

Et peus emprès n'on repassait,
Accotant les jarbe par coublie.
Que la charrette ramassait
Au soèr tombant sus les rétoublle.
Mais, par avance et sans retard,
Ol avait fallu bouser l'aire.

1. Couper, du latin *secare*.

Sus la sole avec in feuillard
On éparait la bouse cliaire.

On étendait les jarbe en rang
Défaite sur la sole dure,
Avec in biâ chevet, courant
Tout autour coume ine bordure.

Peus couminçait le brut des kliâ[1]
Qui battian la paille en cadence
Et les battour fasian des pas,
Coume en dansant la contredanse.

Homme, femme, sus leû jabot
Ne gardian reun que leû chemise ;
O follait poin être manchot,
Follait poin faire de mimprise !

Les drôle avian prou de chasser
Loin de l'aire toute les poule ;
N'on voyait les musset danser ;
La soèf vous prenait la goule !

Quand l'air franchissait, le ventour
Ventait le grain à pieine pale :

1. *Kliâ* = fléau.

Le blié cheyait tout drèt ; autour
Cheyian les agrain et la balle.

Le darrié jor, à peu de frais.
L'était ine belle jarbaude,
Ou n'on beuvait dau bon vin frais,
La jornée ayant été chaude.

Et les fille avec les garçon
Dansian des bal de Saintonge,
Et les vieux chantian des chanson,...
O fet piaisir quand on y songe !

La beurgère chérentaise

Mais que bufle le vent de bise,
La beurgère s'en vat au champ,
Et, sous tieû vent fred qui la bise,
A tricote tout en marchant.

A s'en vat, la tête couvarte
D'in devantau de refilon[1],
Et son cotillon, qui s'essarte,
Est poin trop chaud et poin trop long.

A meune au champ ses oueille maigre,
Qui peurtout teurchan in abrit,
Douze oueille : dist bianche et deux nègre,
Que seugue et garde in cheun labrit.

Tout juste ses pauvre det, croche
Et grappe, n'on dirait dau gliâs,

Peuvan faire marcher les broche
Peur tricoter son pied de bas.

1. C'est une étoffe tissée avec du fil de chanvre et le coton de vieux bas que l'on *défile*. Elle est fort solide.

Mais les voèla dans ine combe,
Ine nauve au mitan des boès,
Et la, tout d'in cot, le vent tombe,
I son à l'abrit tiette foès !

La beurgère aussitoût s'est mise
A teurcher peurtout dau boès mort :
Ine allumette est beintoût prise
Et dau pelin[1] la fiamme sôrt :

Toute la pile est allumée
A force de buffer dessus,
Et n'on voèt sortir la fumée,
Qui se dévire et monte en sus.

La drôlesse a plié la jambe,
A geneuil. Coume o fait dau beun
Tielle cliaire petite fiambe !
Et pres d'elle est venut son cheun.

Coume alle est boune ménagère
De tieu fouger qu'aile enteurteint.

O n'est reun qu'in feu de beurgère,
Vite allumé, pus vite éteint !

1. Le gazon sec.

Des foès, in cot dc vent secoue
Tieu feu, beun qu'i seje[1] abrité,
Et le cheun fait aller sa coue
En se tenant à son coûté.

Mais beintoût va tomber la brume !
O se fait tard peur la saison.
Faut quitter tieû pilot qui fume
Peur s'en r'venir-z-à la maison.

Et la beurgère Chérentaise
Rentre avec son cheun au logis.
Damc ! A n'est point trejou benaise
La beurgère de noût' payis.

1. Soit. En poitevin la forme est *seie*. Peut-être l'*i* s'est-il changé en *j*.

Cormet et vermet

La pièce VIII, *Cormet et Vermet* (prononcez *Veurmet*), demande quelques explications. Le refrain : *Ahissez, Cormet, ahissez Veurmet !* est tout simplement l'appel, sur une mélopée particulière, que le bouvier adresse aux deux bœufs qui tirent la charrue ou traînent la charrette, pour les faire avancer, leur faire accomplir un effort.

Le verbe qu'il contient, ne présente aucune. difficulté. On y reconnaît aisément, l'impératif *agissez*, avec le *g* guttural de la Saintonge.

Cormet et *Vermet*, sont les noms traditionnels des deux bœufs liés au même joug, et qui font la *liée*. Ils sont évidemment d'origine très ancienne, et à peu près invariables dans le coin de Charente où je suis né ; quelquefois l'un des deux noms est remplacé par celui de *Jolit* (joli). Mais quelle est leur signification ? *Cormet* paraît être une corruption de *Corné* (aux belles cornes). En effet le saintongeais change volontiers l'*n* en *m*, comme dans les mots *cormier* (le cornouiller), corme (du latin cornu, la cornouille). À plus forte raison conserve-t-il l'*m* originelle lorsque le français la change en *n* ; il dit *mêle* = *nèfle*, *mêlier* = *néflier*, de *mespilus*.

Mais *Veurmet* (Vermet) ? On trouve bien dans le français du XVIe siècle le mot *Vermet*, *petit ver* ; on le trouve même, dans des textes qui décrivent le labourage et montrent les *Vermets* (vers de terre) sortant du sillon tout frais ouvert[1]. Mais cette étymologie n'est guère soutenable. Les épithètes par lesquelles le bouvier désigne ses bœufs, sont destinées à les flatter, et le mot, pris dans ce sens, serait un terme de mépris ou de raillerie. Je croirais plutôt que *Veurmet* est pour *Veurmeil* (Vermeil). Dans le *Glossaire du Poitou, de la Saintonge et de l'Aunis* de L. Favre, on trouve ce dernier mot indiqué comme une épithète ordinaire donnée aux bœufs rouges[2], et l'on sait que les bœufs de notre pays sont souvent de cette couleur-là. *Verneil* s'est changé en *Vermet* par l'influence et le voisinage de *Cormet*, qui le précède d'habitude. Quoi qu'il en soit, voici la chanson.

1. Godefroy, *Dictionnaire historique de l'ancien français*, *v° Vermet*.

2. Vermeil (prononcez *vr'meil*). Bœuf dont le poil est rouge.

CORMET ET VERMET

« Couvrez ! couvrez ![1] », crian les grue.
Et les bœu tiran la charrue.
Le bouyer dans chaque pougnet
Teint in manche et le coutre glisse.
A matin, près de la palisse,
La tranche dau sillon fumait…
Ahissez, Cormet !
Ahissez, Vermet !

Chez nous n'on laboure la vigne,
Et les deux bœu roux, beun en ligne,
Sans casser reun tiran tout dret.
Oh ! les belle, profonde rège,

Entre les cêp, dans les courège ;
Coume o ferat dau biâ guéret !
Ahissez, Cormet !
Ahissez, Vermet !

Le foin est sec et n'on le rentre.
Sus la charrette, qui fait ventre,
In houme l'enfourche au soumet.
Et les deux bœu tiran la charge

1. Faites les *couvrantes* = *semailles.*

Vers la grange, où monte la barge
A châ charroè que n'on-z-y met.
Ahissez, Cormet !
Ahissez, Vermet !

Faut ou trainer les grain, les paille,
Le fient, la hanche[1], les futaille :
A tout le couble se soumet ;
Et les deux bœu, coume deux frère,
Travaillan fôrt et sans coulère
Peur le pressoèr et peur la met[2].
Ahissez, Cormet !
Ahissez, Vermet !

Mais faut enfin qu'on les engraisse,
N'empêche, sans qu'o-z-y paraisse,
In p'tit de chagrin qu'o vous fet.
Chaqu'in son tour, mon camarade !
N'on mangerat ine grillade
D'in de tiellès bœu qu'on aimait.
Ahissez, Cormet !
Ahissez, Vermet !

1. La marne.

2. Le pétrin.

LES FAUCHE

Argardez ! La prairie
Semblle in jardrin l'été !
Mais tielle harbe fleurie,
De boune qualité,
Sarvirat poin à faire
Des bouquet d'amoureux,
Mais ferat beun l'affaire
Dau bétail vigoureux.

De bon matin, quand saute
La gueurneuille d'aigail,
Dans l'harbe mûre et haute,
Coumince le travail.
Les faucheur son en troupe,
Chaqu'in a son voèsin
Et dans tiè grande coupe
Chaqu'in fait soun ardin[1].
Je baille avec la coue[2]

1. La traînée d'herbe abattue que le faucheur laisse derrière lui.

2. La pierre à aiguiser que le faucheur porte à sa ceinture dans une gaine de bois ; en latin *cos, cotis*.

In fil prime à mon dail[1].
Si, tortillant sa coue,
Quand je fauche à mon tail,
Dans tielle harbe qui penche
Qieuque sanliein[2] filait,
D'in seul cot je li tranche
La tête et le filet.

La haut le souleuil grille
Et peut grâler le foin.
Manquez poin, fœmme et fille,
D'éparer avec soin.
Hardi la ! les feneuse,
Voutre foarche à la main !
O ferat poin de neuse
De zou rentrer demain.

N'on dirait qu'ol-éloèse[3]
Là bas, qu'o tounne au loin
Dans tieû ciel gris d'ardoèse !
Que devindrat le foin
Si l'ève vient à cherre
Peur dessus à pien sciau ?

1. La faux.

2. La couleuvre. Burgaud des Marets dit *silan*, mais chez moi on disait *sanliéin*.

3. Il fait des éclairs.

Vitement o faut faire
Iqui des barguenau[1].

O n'était qu'ine alarme
Et l'orage est passé.
Vite, travaillon farme,
Et tieu foin ramasse
Vat entrer dans la grange
Peur le pourtau duvart,
Tieu bon foin sec, que mange
Le bétail tout l'hivar.

1. Gros tas arrondis; on ramasse ainsi sur le pré le foin qui n'est pas rentré, quand on craint la pluie. *Barguenau* vient sans doute de barge, qui signifie le foin amoncelé régulièrement dans la grange; c'est la *petite barget*.

La fête de nau[1]

Tout est gelé, ruissiâ, rigole ;
Les étang son couvart de gliâs ;
Sur les sillon crian les grole ;
Le vent soune, on dirait des kliâ[2].
Mais au vin pur de la barrique
N'on peut encoèr duvrir le jau,
Et, peur chasser tieû frct qui pique,
Bauvon à la fète de Nau.

In chaqu'in s'en vat à l'Egllise
Entendre la messe à mineut.
Les pas sounan ; la terre est prise ;
Mais on i voèt cliair dans la neut.
La lune brille et les étoèle,
Coume d'or fin, bicllan[3] la haut :
Les champ son bian coume des toèle,
Au cliair de la lune de Nau.

1. Noël.

2. Des glas ; ici le *K* me paraît nécessaire à la transcription.

3. *Bicller* veut dire battre des paupières.

Tiette neut dans les écurie
N'on dit que les bête parlan
Et qu'a fasan leû causerie
Près de la creuche ine foès l'an.
Mais m'est avis que, peur entendre
Parler franc mais d'in animau,
O n'est, fout', poin besoin d'attendre
Qu'on seje à la fête de Nau.

L'uce plieurante et les main grappe
Je son rentré-z'-à la maison.
Sus la tablle on a mis la nappe
Et preparé le réveillon.
Dans le poëlon frit et gargouille
Le jambon gras, qui sent la sau ;
Et j'avon in piat de cagouille.
On n'at par an qu'in jor de Nau !

Mais, par avant que n'on se couche,
Enfant, o faut aller teurcher
La pus forte et pus grousse souche
Qu'on trouvinrat dans le bûcher.
Saquon la dans la cheminée :
Reun ne presarve mieux dau mau
Que de garder toute l'an-née
In bout de la buche de Nau !

Les poume d'amour

On voèt en entrant chez nous, dans la cour,
Quatre vieux poumier de poume d'amour ;
Les branche son torte et pieine de mousse ;
Quand au moès d'aout o fait chaud dans l'air,
Tiè poume venan d'in biâ rouge cliair :
Noû-z-autre poumier son de poume rousse.

Le pinson y fait son nie peur y couer.
Les osiâ des boès s'y venan appouer :
Le pic et le gail, le marie et la trège[1],
Et noû pigeon bian volan tout autour,
Autour des poumier de poume d'amour,
Pigeon roucoulant et bian coume neige.

Dans les neut d'été, quand les amoureux
Enmêlant leû det s'en allan peur deux,
Riant tout bas et se béquetant, coume
In coublle jouqué de pigeon ramier,
I venan souvent sous noû vieux poumier,
Drôlesse et garçon, cueillir-z-ine poume.
Et peus peur manger la poume d'amour

1. La grive grise.

En mordant dedans chaqu'in à son tour,
La poume d'amour si fraiche et si douce,
I-z-alan se mettre in p'tit pus au loin,
Soèt dans ine grange au mitan dau foin,
Ob au bord d'in boès, couché sus la mousse.

Tiè poume duran moins d'ine saison ;
O l'est dans le temps qu'on fait la moèsson :
Les feuille beintoût chéyan sus la sole.
Le temps des amour dure in petit mais ;
Peus n'on devient vieux et boun à reun ; mais
A quoè sart, bon Dieu ! que n'on se désole !

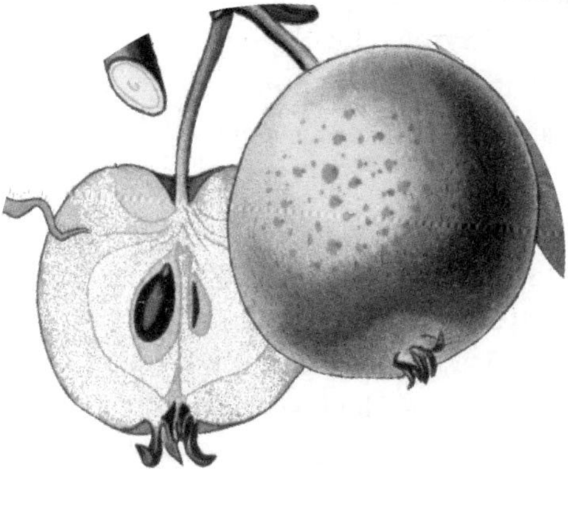

La mère coue !

O y at au fond de tieû boèsson,
A la fourche, in nie de pinson.
Voyez-vous pas tieû bout de coue ?
Voyez-vous pas tieû petit œil,
Qu'est allumé coume in chaleuil ?
Mais bougez pas, la mère coue !

Noutre canuche a disparut.
A matin, sans mener de brut,
Je m'en seus-t-allé vers la noue[1].
Darrière in groû pilot d'ajion
Alle était au mitan des jion :
Alle at pounut ses œu ; a coue.

Dans la cour o y at in pahon[2].
Il at beun l'air d'in grand couyon !
I se peurlasse, i fait la roue !
Dans tieû même temps, sans bouger,
Et sans jamais se déranger,
O l'est sa fumelle qui coue.

1. Le marais.

2. Un paon.

Ma maleisie[1] a troès petit
Autour d'elle ; i sont bein gentit ;
O se démeune, o se secoue.
Sus sa dorne a les prend tous troès,
Tranquille, hureû coume des roès.
N'est-ou pas la mère qui coue ?

1. Mal aisée, difficile à vivre. C'est épithète de nature par laquelle le paysan siintongeais désigne sa femme.

Les goret

Les petit goret, sous la treue,
Grouillan, vif coume des raton :
Faudrat faire mais d'ine lieue
Peur trouver d'aussi biâ laiton.
Mais y son trot[1] et je vous prie,
— J'en mettron in au four, — s'ou piait[2],
Venez manger peur la frairie
In mourciâ de goret de lait.

Le biâ nôrrain, la belle coche,
Profitan coume des amour,
Quoèque o faut z-i mettre ine broche
Peur qu'i fouge pas dans la cour.
Quand on apporte la brenée
Dans leû-z-auge et qui zou sentan,
O fait trembller la maisounée,
Nom de Dieu ! couine i trompetan !

Je tuon la goroune grasse.

1. Trop ; c'est la prononciation figurée.

2. S'il vous plaît.

Saignon la châpetit[1]. Le sang
Dans la grand jède où n'on le brasse
Pisse rouge en écliaboussant.
Peus n'on la flambe dans la paille,
Sus la sole ou la couche à piat
Et les homme, sans qu'ol éraille,
La raclian avec des tubiat[2].

Au chaudron, dans la cheminée,
La graisse fond en mijotant :
J'en auron peur toute l'année,
Dix grand piein pot, et, peur l'instant,
N'on fait les boudin, les saucisse,
Le filet quieut en roûtissant,
Et peurtout o sent les épice :
O l'est la fête dau paysan !

Sans les goret coument don faire ?
Coument vivrait le métayer ?
Tieille bête de boune affaire
Doune à manger, sart à payer :
Peur la soupe a baille la graisse,
Grillon, salé, couane et jambon ;
O beun n'on la vend quand o presse.

Foutre ! A tout le goret est bon !

1. Tout doucement.

2. Morceaux de tuile cassée.

La begasse

O l'at brumé de bon matin
Et dans les fond o brume encouère.
O faut contre le mal de v'rim[1]
Boère ine goutte. Ma petouère[2]
Raterat poin et pas bein loin,
Au long des pré, dans la chaînasse,
J'allon voèr s'on peut dans tieû coin
Tuer tieuque begasse.

Alle est là, teurchant[3] des achet[4]
Dans le terreau, desous les feuille.
A part en fasant in crochet ;
O ne fait reun : Poum ! je la cueille.
Mais astoure[5] o faut la trouver.
Ah ! je la teun ; coume aile est grasse !

1. *V'rin* ou *verim* est en saintongeais l'équivalent du français *venim*. Il donne l'adjectif *verimous* = venimeux. Mais les *maladies de verin* sont celles qu'on prend par la respiration, surtout à jeun. Pour les éviter il faut *tuer le ver*, comme dit partout le peuple de France. C'est un sentiment précurseur, à sa façon, des théories microbiennes.

2. Fusil.

3. Cherchant (prononciation figurée).

4. Des vers de terre.

5. À cette heure ; l'expression s'est contractée.

A n'a poin ponyut[1] se sauver
Tielle paure begasse !

Ma femne, en nout' garde-manger
Peur dau groù fil o faut la pendre
Et peus, avant de la manger,
Quinze[2] jor piein o faut l'attendre.
Je feron dau bon gigourit,
Des cornion et la milliasse
Et j'inciteron des amit
Peur manger la begasse !

La broche torne doucement
Devant le feu, qui rit et fiambe.
Regardon la tranquillement
Torner en nous chauffant la jambe !
L'osiâ quieut et sa tripe chet
Sus la routie et dans la casse.
Sentez-me, s'oupiait, le fumet
De la boune begasse !

Beuvon des cot de vin nouveau
Peur faire couler tielle bête !

1. Pu.

2. Prononcez *tiinze*.

J'avon otout dans noût' caveau,
In p'tit de vin vieux peur la fète.
Qu'o seje dau sec o dau doux,
Tout châpetit o faut qu'o passe ;
Tieû qui n'en prend trot, voyez-vous,
I se cabre en begasse[1].

1. Il tombe le nez par terre. C'est une expression très pittoresque tirée de ce que fait, dit-on, la bécasse, quand elle cherche des vers dans les prés. Elle enfonce en terre son long bec et, pour mieux l'*acacher*, le faire pénétrer, elle lève le derrière et les pattes en l'air. De là l'expression *se cabrer en bégasse*.

Coupiet dit au repas de noce d'ine saintongeoise et d'in bourguignon !

O Jeanne, mon quieur, ma nièce bretoune,
Voèlà le grand jor et t'es reine aneut ;
Et vous, moun amit, crain poin que peursoune
Vous piaigne de soèr, quand veindrat la neut.
Iqui[1] veuris poin passer peur ivrogne ;
Mais peurai-ji pas zou dire en riant :
O l'est la Saintonge avec la Bourgogne,
Deux payis de vin, qui se marian !

Beintoût vous serez dans voutre ménage,
Et que le bounheur s'y saque avec vous !
Vous avez tous deux bon quieur, bon courage ;
O l'esl tieû qui fait les pus boun époux.
O le fouger tiède, où n'on se rencogne
L'in tout contre l'autre en se souriant : —,
O l'est la Saintonge avec la Bourgogne,
Deux payis de vin, qui se mariant !

1. Ici je donne l'orthographe qui me paraît la plus rationnelle ; mais *iqui*, comme *quieur* se prononcent souvent *Itii* et *tieur*.

Peus emprès veindrat la barcelounette
Où dôrt ine fille o beun in garçon,
Qui jabrillerat coume ine alouette
Et qui grandirat, gai coume in pinson,
Des drôle qu'aran bon pied, boune pogne,
Avec le teint cliair et le bec friand.
— O l'est la Saintonge avec la Bourgogne,
Deux payis de vin, qui se marian !

Beuvon, mes amit, à voutre jénesse,
A voutre air chérmant, à voutre santé !
Faut vous aimer fort : o l'est la sagesse
Peur les jène gent et la varité.
J'avon fait, je crei, de boune besogne ;
Je peuvon dormir tranquille en ronflant :
— O l'est la Saintonge avec la Bourgogne,
Deux payis de vin, qui se marian !

La frairie

Quand le jor de noutre frairie
Tous les an, l'été, revenait,
Près d'in boès, dans ine prairie
De ras fauchée a se tenait.
Et là les garçon et les fille,
Les drôle, les quenaille otout
Et les vieux, toute la famille,
N'on s'assembiait au moès d'Aout.

Les fille s'étian faite belle,
Mouchenez[1] et jupe assortit,
Des ruban bian et des dentelle
Coudut après leû coeffetis.
Et poin de figure johrouse[2] ;
Les jène gent bein poumadé,
Rasé de frais, portian des blouse,
Qu'avian, neuve, des pllit guindé.
N'on peuvait se mettre peur boère
A des table que n'on dreussait ;

1. Il s'agit là du *Mouchenez de cou*, mouchoir de couleur faisant fichu.

2. *Jobrous* = sale ; se laver la figure se dit : se *déjobrer*.

Des gent vendian des belle poère,
Des brugnon o beun des peurset.
Pus loin, peur contenter les drôle,
Qui beintoût en avian leû soû,
On leu-z-achetait des canaule[1]
O deux image peur in sou.

Assis sus des chaise de paille,
Monté sus des pianche dans l'air
Que debout portian des futaille,
Les musicien jouian des air
De bal o beun de contredanse,
Peus i beuvian in cot de vin.
Les jène gent payian la danse
Qui se tenait sus le pelin.

O y avait in mât de coucagne,
Beun sabouné tout de son long,
Et qui portait, haut coume in chägne,
In sarcle où pend in pantalon,
In gigot, ine montre ronde
De boun argent et qui brillait :
Et coume de bou quieur le monde
Rian quand in garçon guilait !
Et peus le soèr chaque famille
S'en retornait à la maison ;

1. Des tortilons.

Mais n'on voyait mais d'ine fille
Marcher seule avec in garçon.
Traveursant la piaine endormie,
Sous la lune, le boun amit
Se penchait sus sa boune amie,
Qui sentait bon le baselit[1].

1. *Basilic*, plante dont se parfument nos paysannes.

La vigne en fieur

La vigne a fleurit sus la coûte,
Sous le souleuil leusant et chaud.
Après avoèr cassé la croûte,
Je m'en seus-t-allé voèr la 'haut :
O sent – n'on dirait l'eau de vie
Quand a sôrt des main dau bouilleur –
Ob l'halein de ma boune amie !
– Le temps est doux et la vigne est en fieur.

Devant nous la piaine est couvarte
De vigne qui se ressembian,
Et la fleur est à moitié varte
Et jaune, coume in rasin bian.
De tielle fieur toute petite
Et qui n'a guière de couleur
Ine grappe sortirat vite.
– Le temps est doux et la vigne est en fieur !

O l'est l'espoèr de tiette an-née
Tié cêp qu'at épargné le glias.
Je crei que j'auron grand vinée,
Se par la brume o coule pas.

Tielle fieur renfarme d'avance
Le moût qui bouille en sa chaleur ;
L'eau de vie est dans la formance.
— Le temps est doux et la vigne est en fleur.

Chez nous les piant de folle bianche
Son dans leû fieur à la Saint Jean.
Quand le soèr, dans le ciel qui penche
Les étoèle se dégagean,
Que le feu de Saint Jean flamboie
Dans la piaine et sus la hauteur,
N'on creit qu'on fait des feu de joie
— Peur le temps doux et peur la vigne en fleur.

Dans les vigne avec ma brunette
J'irai me proumener demain,
Chantounant in air d'amourette,
Nous tenant tous deux peur la main.
Peut être beun que ma chérie
Veudrat là me duvrir son quieur,
Coume fait la vigne fleurie.
— Le temps est doux et la vigne est en fieur.

Les sept corme[1]

Peur qu'in garçon se change en fille,
O beun in fille en garçon,
On dit qu 'o n'est pas difficile
Et voèlà toute la façon —
O n'est pas sorcier, je vous jure ; —
Faut manger sept corme pas mûre.

Mais o fait tant saber la goule
Que jamais on n'at reiussit.
O n'y at pas moyen qu'o coule,
O l'est pus fort que dan lessit[2].
Coument finir tielle aventure
De manger sept corme pas mûre ?

On peut beun casser des mouzille,
Mais o l'est ine autre chanson :
La fille doèt don rester fille
Et le garçon rester garçon.

1. C'est une croyance (?) populaire qu'en mangeant de suite sept *cormes* vertes on change de sexe.

2. *Lessit* c'est l'eau passée sur des cendres avec laquelle on fait la *lessive*.

N'on mangerait de la saumure
Putoût que sept corme pas mûre !

Mais o y at moyen, o me semblle,
Peur zou mêler, fille et garcon.
Suffit qu'on les marie ensemble
Peur faire qu'in de deux qu'i son.
O vaudrat mieux, je vous assure,
Que d' manger sept corme pas mûre !

Saint Palais-sur-Mer (le bureau)[1]

O nuits de Saint Palais, nuits de lune et d'étoiles,
Fraicheur de l'air, si douce après les feux du jour,
Bateaux qui voyagez au loin, couverts de toiles,
Grandes vagues, rochers au gracieux contour !

Le soleil s'est couché derrièrc la colline,
Dans un ciel de rubis, d'or pâle et de saphirs ;
Et maintenant, là haut, c'est la nuit qui chemine,
L'aimable nuit d'été que guident les zéphyrs !

De la conche qui luit, par la lune argentée,
Ceinte de ses villas dans le feuillage vert,
Pareil au sommeil calme et lourd de quelque Antée,
Monte le souffle égal et profond de la mer.

La puissante senteur de la mer éternelle
Epanche largement les arômes salins
Et la brise du soir apporte sur son aile
Le salubre parfum des chênes et des pins.

1. Cette pièce en français est un souvenir, qui m'est personnel, de la Charente-Inférieure.

A peine çà et là brillent quelques lumières.
Dans l'ombre tout s'endort ; on n'entend aucun son,
Si ce n'est le choc sourd des lames sur les pierres
Et parfois le refrain lointain d'une chanson.

C'est un charme subtil. On sent son être fondre
Dans le calme ambiant, profond, délicieux
Et l'on voit lentement s'unir et se confondre,
Dans l'infini des nuits, les vagues et les cieux !

Par ce logo, nous témoignons d'une volonté de réduire les impacts environnementaux liés aux activités de l'imprimerie. Nous choisissons un imprimeur impliqué dans la réduction des gaz à effet de serre. Le choix de nos papiers assure que la production a été faite à partir d'un produit à base de bois et a suivi le cahier des charges d'une gestion durable des forêts européennes. Achevé d'imprimer chez Jegalvas en Union européenne en mai 2018.

Composition : Anne-Abel Jeanjean

Dépôt légal : 1er semestre 2018
© 2018 – LA GESTE